把人生最美好的时光，

拿去恨一些想象出来的魔鬼，不值！

FANTASY
幻想家

04

临界·高科技罪案调查

临界

HTCI

东方的战争

郑军 著

北京理工大学出版社
BEIJING INSTITUTE OF TECHNOLOGY PRESS

图书在版编目（CIP）数据

东方的战争 / 郑军著 . — 北京 : 北京理工大学出版社 , 2019.1（2019.3 重印）

（临界 · 高科技罪案调查）

ISBN 978-7-5682-4808-2

Ⅰ . ①东… Ⅱ . ①郑… Ⅲ . ①科学幻想小说—中国—当代 Ⅳ . ① I247.5

中国版本图书馆 CIP 数据核字 (2018) 第 250302 号

出版发行 / 北京理工大学出版社有限责任公司
社　　址 / 北京市海淀区中关村南大街 5 号
邮　　编 / 100081
电　　话 /（010）68914775（总编室）
（010）82562903（教材售后服务热线）
（010）68948351（其他图书服务热线）
网　　址 / http: //www. bitpress. com. cn
经　　销 / 全国各地新华书店
印　　刷 / 三河市华骏印务包装有限公司
开　　本 / 787 毫米 ×1092 毫米　1/32
印　　张 / 7.25
字　　数 / 105 千字
版　　次 / 2019 年 1 月第 1 版　2019 年 3 月第 2 次印刷
定　　价 / 32. 80 元

责任编辑 / 高　坤
文案编辑 / 高　坤
责任校对 / 杜　枝
责任印制 / 边心超

目录

敢说话，不等于敢说真话！

第一章　向东方出击！

几个月间，雷金纳德已经换过两次腰带，以适合越来越细的腰围，体重十年来第一次降到90公斤以下。没去健身房，没吃减肥药，在沙发上困坐了十年后，这个四十五岁的黑人大叔终于找到了工作。

虽然只是汽车经销店的保安，雷金纳德还是很珍惜这次机会，每日忙前跑后，乐此不疲。终于有工作了，社会再次需要他的服务，雷金纳德要和妻离子散的过去告别。

明天上午，位于洛杉矶郊区的这家经销店就要举行新款悍马休旅车营销会，雷金纳德负责夜间安保。四十辆形似装甲车的展品安静地睡在库房里。到了午夜，一杯咖啡下肚，雷金纳德打开展厅侧门，对场地做最后一遍检查。展品、配件箱、赠品柜、嘉宾区……

“谁在那儿！”雷金纳德突然拔出电击枪，停下来警惕地喝问。下午铺好的地毯上有一行湿湿的鞋印。他曾经提醒过老板，后院外面是条河，存在安全隐患。老板并没在意，下班后店里不放现金，难道谁会从这里偷偷开走一辆车？

这种笨贼很少，但难免有人出于其他目的溜进来。流浪汉还是瘾君子？马上，雷金纳德在一辆休旅车上看到了醒目的红漆标语：“反对污染！”

是的，这款新车排量很大，招惹了一群爱管闲事的人。不过他们要干什么？只是混进来刷几句标语？

“出来，不然我就报警！”雷金纳德又喊了几声，两千平方米的展厅里一片寂静。有人潜进来，但是报警器没响。雷金纳德不想拼性命，于是走到报警器旁边检查。没错，后面的线路刚被剪断。这个东西该怎么修？要不就直接报警吧。

雷金纳德刚掏出手机，就听到急速逼近的脚步声。他下意识地缩起脖子，一只棒球棍抡到他的后背上。雷金纳德趔趄几步，没摔倒，转身和来人厮打在一起。接着，他的后脑挨了重重一棒。显然，溜进来的不止一个，他们早就踩好了点，做好了突袭准备。

凌晨时分，迅速蔓延的火吞噬了这家汽车经销店，四十辆悍马休旅车付之一炬。残骸上、墙壁上、火场里不乏用红漆涂写的标语：“你敢造，我就烧！”“阻止对自然犯罪！”“摧毁工业，解放地球！”

在这些标语旁，消防员找到雷金纳德被烧焦的尸体。经法医检验，确认他死于窒息。雷金纳德被打昏后就一直躺在地上，直到被大火吞没。

◆ ◆ ◆

杨真和父亲关系很僵，父母离婚后，父亲那边的亲戚她也很少去走动。等赶到地方，叔叔已经焦急地等在那里。原来，连续几天他们都联系不上杨永泉，敲他的门没人答应，也不像外出的样子。他们担心他出事，想要破门而入，于是才把杨真找来。她不光是屋主的女儿，还是一名警察，有这个职权。

虽然从小就在这里长大，杨真并没有留这套房的钥匙。她马上找到小区保安，要他们把门打开。立刻，一股令人窒息的霉味扑面而来。酸臭，霉变，还夹杂着薰香的味道，屋主人不知多久都没有开过窗户。

“有人吗？你在吗？”

杨真感觉不对，一边寻找一边高喊。这是20世纪80年代建的老式预制板楼房，户型很小。虽然是两室一厅，总计不到五十平方米。没离婚时杨永泉就和卢红雅分居，独睡里面的小卧室。杨真走到那里推了一下，门被反锁着。她用肩膀猛撞，叔叔预感到不好，也和保安一起撞门。

“谁，干什么！”

一声沙哑的吼叫从里面传过来。门被撞开，只见杨永泉坐在沙发里。不，不是沙发，是用旧沙发改装的椅子，式样很像飞船上宇航员的座位，还放了安全带，系住杨永泉的身体。小屋窗帘紧闭，也没开灯，现在虽然是正午，却连一丝阳光都透不进来。

杨真跑过去一把将窗帘扯开，回头再看。父亲不知在椅子上枯坐了多久，人都深深地嵌在垫子里。他穿着一件旧睡衣，瘦小的身体蜷缩着，就像一只猫。看到这么多人闯进来，杨永泉想站却站不起来，只好坐在那里喘着粗气。

“谁叫你来的，谁叫你们来的……”尽管身体虚弱，杨永泉还是虎起脸，表达着不满。发了病还是饿坏了？叔叔见状，心里明白了七八成，连忙向保安道谢，请他们回避，然后把杨永泉扶起来。个把月没见，杨真发现父亲又瘦了一圈。头发已经半白，看上去几乎老了十岁。

“大哥，你病了？身体情况可不对啊。”叔叔关切地问道。

“叔叔，他没事，他是在练功！”杨真站在门口冷笑着，并不过来搀扶。“咱们都走吧，别打扰他了。”

是的，杨永泉什么事都没有，他就保持着一个姿势坐在那里，不吃不喝，也不知过了多长时间。放在一边的手机早就没了电，他也不在意。屋子里只有这把椅子，虽然空空荡荡，满墙却都是火星地表的放大照片。显然，杨永泉把这间卧室改造成了飞船船舱，在那里继续做他的火星梦。

看明白这一切，杨真扭头向外走去。出了门口，叔叔从后面追上来。“小真，有时间的话，还是多关心关心你爸，他这是因为孤独……”

“叔叔，我可没这个本事。他是什么性格，您还不清楚？”

“唉……”

父亲和夏尔马有什么区别？只不过崇拜对象换成亿万公里外的天体。他们漠视社会，反感人类。在父亲眼里，冰冷的天体比身边的活人更有热度。

说完，杨真头也不回，大踏步离开这套霉变、阴暗、潮湿的房子。此生都不想再踏进一步！

至少此时此刻，杨真是这么想的。

◆ ◆ ◆

“我想向处长申请，把他留在我们这里。”迟健民挟着卷宗找到杨真，里面都是关于王鹏翔的记录。从他当年被绑架开始，到在印度失踪参与惊天大案，再到回国后进行的简短检查。迟健民全程都没参与这个案子，但是现在的兴趣比谁都大。

由于精神状况不正常，王鹏翔被暂时安置在公安医院。“留下来做什么？他现在是病人！”杨真警惕地望着迟健民，她知道他的兴趣点在哪里。

“做我们产权组的研究对象啊！”迟健民通宵阅读，兴奋劲还没过去，“纯靠心理活动改变生理唤醒水平，他做到了前无古人的程度。”

难道又是个萨拉什卡？有这种想法的人怎么这样多，这次还是自己的同事。杨真坚决地摇摇头：“迟组，他是病人，现在首先需要治病。”

“其实，肖总也有这个意思……我是说肖亚霆董事长。”

肖亚霆的社会身份是新力公司董事长，平时受父亲委托，执行该公司与调查处的合作事宜。因为同样关注科技前沿，他和迟健民过从甚密。

“他又不是这孩子的亲人。”杨真和肖亚霆接触得不多，但也知道他和迟健民的兴趣点差不多，“王鹏翔有父母，如果他失去行为能力，他的父母就是监护人。再不济，这事我也听雯雯姐的。”

提交案情的初衷之一，就是帮着肖亚雯找回那个孩子。两兄妹相比较，她和雯雯姐更亲近一些。

很快，李汉云又把杨真叫过去单独谈话，研究王鹏翔的处置问题。杨真心里“咯噔”一下，迟健民好办，她可以直接顶回去。处长可是自己多年的老师，如果他也有同样的想法，她该怎么应付？

杨真做了各种思想准备，但是李汉云却没直接向她征求意见，只是问了个技术问题。“印度人根据原型制造出那些影音资料，你觉得，他们能用这些材料训练超级战士吗？”

“不能！”

“你的理由是？”

这套震古烁今的超级训练术，无论硬件还是软件都由印度人完成。相对于高科技打造的圆顶实验室，荣格的资料也只能算是素材。不需要它的原件，印度人完全可以通过研究废墟里的布置，再现伯尔帕德的奇迹。中方所掌握的只有王鹏翔这个人，他是唯一能证明“正向躯体化”有效的证据。

难道李老师也是这么想的？或者他的上级里面也有人这么想？动用官方资源去国外救一个人，也许老师要给有关方面一个交代，证明这并非简单的搜救工作？

看着李汉云期待的目光，杨真来不及猜测，只好先讲出自己的论据：“要让这些影音资料发挥正向躯体化作用，受训者必须放弃自我，沉浸其中，导致精神失常的可能性极大。只有保持理性才能抵抗它的作用，那样又会大大削弱这些影音材料的感染力。要变强就要变疯，这是个左右为难的事情。”

李汉云倾听着，沉思着。等到杨真说得差不多了，李汉云忽然问道：“美国的国防部高级研究项目局，这个机构你肯定知道吧？”

“知道，简称DARPA，互联网、隐形飞机之类都是他们先搞出来的。”

“这个部门的宗旨是什么？”

杨真摇摇头，这已经远远超过了公安范畴，或者说超过了她平时关注的领域。

“简单来说，就是以先发制人的方式，防止意外的技术进展破坏他们的国家安全。涉及国防，只要有理论上的可能，他们就先动手。至于它的成就，你刚才也提到了。现在，我们也要组建类似的机构！”

听到这里，杨真非常激动，却不知道该说什么。这是国家重大决策层面的事情，她估计处长不仅听闻，甚至有可能参与。经过最近这些案件，他们这个小机构不光对公安口负责，国安、军方、政法方面都曾经派人过来调研。每个案件，还有它的后续处理，李汉云都要写出详细报告，供各方研究。

“所以，你理解问题的重要性了吧？这种训练术既然有影响单兵作战能力的可能，就要把它研究透。至于王鹏翔这个人的处置办法，我向各部门领导汇报后再决定。”

杨真松了口气，她回到宿舍，坐了片刻，然后打开笔记本。“我们”一案的总结还没完成，“红书”一案又给了她新的感受。杨真想起李老师拿来做入职培训的那本杂志。

知识就是力量！

就是力量！

力量！

……

知识绝不只是能满足好奇心，他们也不是划火柴烧东西的小孩子。所有这些作案人，他们追求的都是力量——知识带来的力量。那么，得到这些力量后他们会做什么？

如果这些力量早晚会出现，谁来控制它们对社会来说才最安全？

面对与生俱来就能产生强大动力的科学，他们调查处应该做些什么？杨真自己又该做些什么？

正在冥思苦想中，手机铃声突然响起，是李汉云打来的。“杨真，周末有安排吗？”

“哦，没有。”

“沈老师过生日，她请你们来家里包饺子。”

◆ ◆ ◆

“兄弟，请交出手机，戴上面具。”

罗斯亲自站在谷仓门口，每个与会者走过来，他都会把一副面具发给对方，再接过对方交出的手机，送给助手集中封存。谷仓里已摆好桌椅板凳，他们正在准备一次集会。

“戴上它很像恐怖分子啊！”一个二十出头的白人姑娘拿过面具，觉得有点儿小题大做，“您怎么不戴？”

“这是对你们的保护。至于我，FBI那里早就挂着号。”罗斯没吹牛，有美国宪法第五修正案护体，他至少已经躲过五十次刑事追究，拥有丰富的与警察周旋的经验。

聚会地点位于美国俄勒冈州尤金市一家私人农场，远离城市。聚会时间定在晚上，路上没有旁人，只有与会者才驱车跑到这里。本次集会名为“美国西北人民保卫地球联合行动”，这事不能让警察知道。网络虽然方便，但是上网交流就等于完全暴露在联邦调查局面前，所以他们才会组织这种面对面的集会。

除了发起人罗斯，与会者无论男女都戴上面具。每个人拿着一个空瓶，从饮水机那里接过滤的河水。这里不能有任何食品公司的饮料，他们要像反对毒品那样，反对食品公司制造的垃圾。

演讲开始前，助手在罗斯面前的桌上子摆起几件衣服和玩具。

“十年，我们地球解放军成立了十年，已经成功地在美国唤起革命意识。但是今天我要讲另外的问题。”罗斯随便拿起衣服和玩具抖动着，“看看这是什么？肮脏的合成纤维，Made in China。这是什么？使用漂白剂的衣服，Made in China。还有这个，这个，统统Made in China。好，我问大家一个数字，中国生产了世界上多大比例的钢铁？”

20%？30%？40%？听众纷纷猜测。

“不，全世界的一半！再猜猜，中国生产了世界上多少水泥？”

又是一阵大胆的猜测，但是最大胆的结果离标准答案仍然很远。

“65%！全世界三分之二的水泥！我的战友们，我们在美国战斗，我们在欧洲战斗，我们在日本战斗，可是这些工业怪兽，这些伤害地球母亲的凶手，他们都去了中国。我们仅仅在这里抗议，又有什么用？地球的危机不分国界……”

助手从他背后的小门走进来，拿着一只打开后盖的手机，凑到罗斯耳边低语几句。罗斯演讲时，助手就在后面一一检查着来人的手机。听到他的话，罗斯接过手机，高举起来。

“会场上来了一位由纳税人养活的贵客。这里面装的不是手机电池，是高效电容器，这是FBI特工才使用的特别手机！”

立刻，一阵骚动传遍会场。来的都是年轻人，虽然热血沸腾，但没有什么应付警察的经验。罗斯把会场定在这里，就是为了躲开警方的视线。一旦有变，大家可以立刻散去。不过现在看来，警察还是很“关心”他们。

“大家安静，让我来看看这位贵客是谁……”罗斯把手机翻过来，刚在屏幕上戳了一下，远处就传来直升机的轰响。又一个助手跑了进来，大叫道：“是警察！有很多！”

无组织无纪律，一分钟后，几十个与会者都跑出谷仓，四散奔逃。警察乘着直升机和警车从四面八方围拢过来，他们没管那些小角色，直奔罗斯而来。很快，罗斯就被带到州府塞伦市警察局。之后一位穿黑西装的男人走进审讯室，坐在罗斯面前。这是个印白混血人，身材粗壮，像个摔跤运动员。

“我提醒你们，根据宪法第五修正案，美国公民不能自证其罪……”

“别瞎扯，你如实回答这个问题……”来人把一沓照片摔在罗斯面前，正是洛杉矶汽车经销店被焚毁的现场。“这是不是你们干的？”

“等律师到了我再说。”

“我们在现场找到用手机控制的燃烧装置。这是‘东方’的手法，你必须告诉我他的下落！”

原来目标不是我，罗斯把心放下一半。“东方？什么东方？你们怎么不去亚洲找？”

来人用力敲了下桌子。“听着，你们这次玩大了，死了人。你如果不把这个元凶交出来，下半辈子就在联邦监狱过吧！”

第二章　穷追不舍

红光笼罩山顶……

黑暗中的小油灯……

灵蛇在身体里钻爬……

寒流自天而降，冰封大地……

一连串清晰而又杂乱的梦境后，王鹏翔彻底清醒过来。他睡在体操垫上，身处一个宽大的房间，门窗紧闭。一面墙壁上布置着模拟攀岩设备，二百平方米空间里摆着各种练功器械，有沙包，有人形靶，还有各种攀爬结构，所有金属部件都包着厚厚的泡沫塑料，天花板上还有一些看不懂的设备对着他。

又回到伯尔帕德设计的球幕训练厅？不对，这里有窗户，而且不止一扇。王鹏翔跑到窗前，抚摸着玻璃，没错，是临时安装的钢化玻璃。

王鹏翔观察着外面，周围是个大院，对面有不少高层建筑。他看到许多熟悉的中国品牌，还有中文广告。这是中国！

“请原谅，你的状况我们还要观察。”背后传来一个女性的声音。王鹏翔回过头，杨真出现在墙上一大块显示屏上。西高止山的木棚外，杨真还没露面，王鹏翔就被击昏，他不认识这个人，但他熟悉这种环境。

“观察？哼，这是特别布置的实验室！你们从印度把我弄回来，是想拿我做实验，对吧？”

“你的情况很特别，一般医院无法观察和护理。”杨真平静地回答道。

“非法囚禁！我的家人知道吗？”

杨真听罢，暗自高兴，这是王鹏翔第一次提到家人。“我们征求了你父母的同意。”

杨真闪到一旁，王鹏翔的养父生母出现在屏幕上。看到儿子，母亲泣不成声，养父只好单独上来谈话。他告诉王鹏翔，由于情况十分特殊，他既不能进入精神病院，又不宜入狱。

“你们怎么不进来和我说话？你们怕什么？”王鹏翔哼了一声。杨真皱了下眉头，肖亚雯不是说，他和养父的关系不错吗？

“我们……我们……”

王鹏翔找不到遥控器，只好背对屏幕，来到房间中央盘坐下来，调整呼吸。他要进入原型世界，他要沉入心灵的湖底，蓄积能量，准备重击！

王鹏翔猛地睁开眼睛，缩颈藏头，两个健步就蹿到窗前，用力撞过去，背后传来母亲的尖叫声。

这次王鹏翔没有成功。杨真到过马立克的武术学校，看到过被他撞碎的一块钢化玻璃。所以，这里的玻璃厚度增加了一倍。一次、两次、三次，王鹏翔始终无法撞破囚笼。“儿子，别折腾了，这都是为你好！”母亲痛哭不已，声嘶力竭。

终于，王鹏翔撞累了，又回到大厅中间，摆好坐姿，半闭双眼，退回自己的世界里！

肖亚雯也来到监控室，观察王鹏翔的表现。那个房间就是杨真当初使用的恢复室，她亲自设计的，熟悉里面的每件设备。

屏幕上，王鹏翔在恢复室里慢慢踱步，眼神呆滞。他好像是在看着什么，视线又仿佛穿越墙壁，投向不知名的地方。这种眼神，肖亚雯曾经在范东风那里见到过，这就是他被关入精神病院之前的样子！

“都怪我，不应该让他见到范东风。”肖亚雯追悔莫及。

王鹏翔又在恢复室里坐下来，双手抱在小腹上，凝视前方，变成一座活雕塑。“你再看看他的眼睛。”杨真把监控画面放大、再放大，直到王鹏翔的眼睛占据大半个画面。他的瞳孔已经扩大了几倍，像是屏幕上一个深邃的黑洞。

“这是神经高度兴奋的表现！”肖亚雯虽然有思想准备，但也是第一次看到这种现象。范东风住的精神病院没有这么高级的设备，医生只能靠目测或者与病人交谈这类老手段进行诊断。在这里，计算机分析着王鹏翔的一举一动，再与人类行为常规模式进行对比，他们要找到他那些超级力量的来源。

“看到没有，他没摄入任何生化物质，完全靠心理活动便能达到这种状态。”杨真指着屏幕上黑黑的瞳孔，那后面就藏着王鹏翔的心灵，可惜并不能用物质手段观察它，“短时间释放超常体能，靠的就是这种本领。”

“但是，这和精神病没什么两样！”肖亚雯叹了口气，人已经回来了，她最关心的还是这个孩子的健康。“你不知道以前的他多聪明，这样下去，他还有什么未来？我怎么对得起他父亲？”

肖亚雯执意要进去面见王鹏翔，也许这孩子能听她的话？于是，等王鹏翔打坐完毕，杨真护送着肖亚雯走进恢复室。她也熟悉这里的一切，必要时可以替雯雯姐挡一下。

看到肖亚雯，王鹏翔点头致意，这一瞬间的表现完全像个正常人，但是这种正常只维持了一瞬间。“不错，肖阿姨，他们都用看怪物的眼神看我，只有你不同。也许你才能理解，我正处于人类心理的巅峰状态。”

“也许吧。”肖亚雯不想和他争论。想了想，她忽然问起另外一个问题，“范东风一直到死前，都和你在一起？”

“没错。”

“他最后是怎么死的？”警方那里有王鹏翔的口供，但肖亚雯还想知道更多。

“他？哼！”王鹏翔冷笑一声，轻蔑地说，“走了十几年，最后关头，他却背弃了自己的理想！”

啪！

清脆的耳光声在恢复室里响起。看到肖亚雯劈面打了王鹏翔，杨真下意识地把手伸向背后，那里别着一把9毫米警用转轮手枪。还好，王鹏翔并没有发作，似乎并不生气，又转回到恢复室中间，找了块垫子继续打坐。肖亚雯也不想再问什么，大步离开恢复室。来到走廊里，肖亚雯再也忍不住，抱着杨真哭出声来。

“雯雯姐，他会恢复的，我能恢复，他就能。我们一起帮助他。”

好半天，一个声音再次把王鹏翔惊醒。这次是阿婕莉娜站在他面前，眼神中充满了关切。但是，王鹏翔并没有回应这种关切。他们认识那么久，这是第一次。“他们给我吃了什么？”王鹏翔扳着阿婕莉娜的肩膀。“氯丙嗪还是利培酮？混在饭里还是水里？原型，我看不到它们了！”

“他们没给你服药，那些幻听幻视消失是件好事，这样你才能恢复健康。”

“幻听？幻视？不，那是原型！恢复？那是精神医生的词汇！你也帮他们一起来夺走我的能力？”王鹏翔阴森森地盯着阿婕莉娜。

“我只是想让你恢复成以前那个样子。”这个姑娘不仅执着，而且充满勇气。当初，王鹏翔冒着生命危险把她救出来。现在轮到她做相似的举动，不管面对什么危险，她都要做下去。

“你们只是想让我变成庸人！”

一阵刺痛伴随着愤怒冲到王鹏翔头部，化成一道铁箍，紧紧勒住脑袋。他用力甩着头，那道无形的铁箍越扣越紧。王鹏翔跳起来，吼叫着扑向阿婕莉娜。监控室里，杨真的手指已经放到按键上，恢复室里暗藏着遥控电击枪，她可以操作发射。

王鹏翔似鹰似虎，腾空而起。阿婕莉娜早有准备，斜向闪开，双腿一点，已经攀上旁边的金属架。“翔，你不是喜欢与高手对练吗？好，我来陪你。来，抓我，抓我！”

就像一头被激怒的野兽，王鹏翔掉转方向，扑击阿婕莉娜，后者在器材间跳跃翻腾，两人始终保持着三四米的距离。“来，你想看看特卡切夫腾越？这就是……还有，这是帕克空翻！这是佳妮腾越！来，虽然不标准，但你追不上我，来吧！”

尽管退役多年，世界顶尖体操高手的本领在这处错综复杂的空间里还是尽显优势。阿婕莉娜有备而来，不惊不乱，体力分配恰当，逗引着王鹏翔在激怒中消耗体力。果然，他的体力迅速流逝，追着追着，在一米多高的横杠上绊了一下，摔在地上。王鹏翔爬起来，喘着粗气，感觉前所未有的疲劳。阿婕莉娜向他走去。

“小心！”杨真的叫声从后面传来。阿婕莉娜朝着监控镜头方向摆摆手，坚决地来到王鹏翔身边。

“王，想练多久都可以，我就在这里陪你！”

◆ ◆ ◆

如今，哪里都能买到速冻饺子，但是李汉云一直保持着请学生到家包饺子的习惯。有人切菜，有人擀皮，大家一起包，这是一项家庭式的集体活动。今天是妻子沈玲五十岁生日，他们又请来一批过往的弟子，杨真和史青峰都来了。

沈玲是经济庭法官，经常在案件里遇到科技问题，因此很早就认识到法律跟不上科技的发展，和丈夫形成了相同的志向。夫妻二人又都在司法部门工作，彼此相得益彰。

杨真到场后，卷起袖子就和师母去和面。读研究生时，她经常到老师家玩。反倒是李老师成了处长，杨真不好意思再登门了。今天，他们又恢复了以往的师生关系。

沈玲几个月没见到杨真了，关切地询问她的伤情，还撩起她的头发，看看下面的疤痕。“你真行，以前只知道你善良、聪明，不知道你还能临危不惧。”

“哪儿啊，该怕还是怕，只是大祸临头，怕也没有用。”以前的杨真不是做学生，就是在警校当老师，也没有机会表现出勇敢坚强的这一面。

“我记得你马上就到三十岁了。”沈玲压低声音问道，“有男朋友了吧？你跟韩津分手好几年了吧？”

“师母，我还不急，调查处刚起步，好多事要忙。”杨真用力揉着面团。

“唉，李老师也是，逮着你这种听话求上进的学生就往死里用。他哪能理解，女人的好时光一晃就过去了。”

这话让杨真想到了母亲，卢红雅退休后才找到真爱。也许，比妈妈提前十年碰到意中人就不算晚。

她们把和好的面端到外面桌子上，几个学生和主人一起动手。大家一边包，一边聊天。“唉，你们的师兄潘景涛伤还没好，不然也请他来了。”李汉云说道。潘景涛和杨真同届，不过只在他门下读了一年，转去社会治安综合管理专业。现在正由史青峰负责看护。

“大史，他现在恢复得怎么样了？”杨真一忙，好久没顾上问潘景涛的情况。

“心理状态还不稳定，恐怕预后不良。”史青峰叹了口气。潘景涛被强行植入接收器，虽然只有几个小时便获救，但心理状态到现在还难以控制，还得留在监护区。

“老师，出院后把他留在调查处吧，咱们也正缺人手。”

杨真刚说到半截，大门就开了，一个一米八出头的小伙子走了进来，正是李汉云的儿子李宵。“这么多人……哇，真姐……”

隔着几个人，李宵径直跑到杨真身边，拉着她的手。“什么眼神啊？这么多人就只看到你的真姐。”史青峰在一旁揶揄着。

“姐姐，我有问题要问你……”李宵和这些师哥师姐没大没小惯了，朝史青峰做了个鬼脸，就拉着杨真钻到他的屋子里。

“怎么，看着活要躲啊。”李汉云在后面追问。

“饭后刷碗我包了！”说完，李宵关上门，扯着杨真问东问西。她第一次来李老师家时，这孩子才上初中，不比杨真高多少，姐姐、姐姐叫得很甜。一转眼这孩子今年就要本科毕业了，真的不知道时间都去哪儿了。

“姐，什么时候吃你的喜糖？”

“等你工作吧。”

“为什么？”

“你不工作，哪有钱给我随份子啊。”

说起来，李宵和王鹏翔差不多年龄。男性荷尔蒙的气息，让杨真不能再把他当成小孩子。“身上有烟味，你抽烟了？”她问道。

“嗯……没办法，同学间要应酬。”

“沾上烟酒的人都找这个借口，姐姐不喜欢。”

“姐姐不喜欢？那我戒了它！”

……

吃罢饺子，一番热闹之后，杨真又坐上史青峰的车离开老师家。“嘿嘿，师母今天特别关心你。我早就说过，她想招个童养媳。”

“呸呸，你嘴里吐不出象牙来，人家孩子才二十二岁。”杨真反驳得迅速，但是凭着女性的敏感，她知道李宵对自己确实过于热情。包括师母也是问长问短，超过一般的师生感情。

“哈哈，都什么年代了，女方大几岁还算障碍？”史青峰把握着方舟盘，一副胸有成竹的样子。

◆ ◆ ◆

就这样，“原型”出现的次数越来越少，对王鹏翔的控制也越来越弱。他已经有好几天不能清晰地看到各种幻象，经常坐在那里独自落泪，仿佛被迫与至爱分手。看到他憔悴萎靡的样子，阿婕莉娜蹲下来，抱过他的头，轻轻抚摸着。杨真和肖亚雯待在监控室里，都捏着一把汗。

不怕，为什么要怕他？这是我的爱人！

就这样，阿婕莉娜一直陪在恢复室。只要王鹏翔发作，她就和他在里面追跑，经常把她也搞得筋疲力尽。肖亚雯慢慢冷静下来，科学家的习惯又占了上风。人为诱导出来的精神病，能否通过行为训练去解决？肖亚雯开始观察和研究。

……

终于有一天，所有幻觉都从王鹏翔脑海里消失了。他开始对先前的行为产生内疚。“我曾经骂过母亲？怼过肖阿姨？还要伤害阿婕莉娜？”看着监控录像，王鹏翔不相信自己的眼睛。当时的他面目狰狞，举止野蛮。

现在，杨真感觉王鹏翔的外貌都有很大变化，变得方正、安详、内敛。有点像……有点像……像什么呢？杨真联想了半天，才觉得非常像印度神像特有的那种表情。

王鹏翔并没有失去那些强大的力量，他只是不再被它所控制，加上超常的感知能力，程序计算出来的标准格斗动作，王鹏翔已经成为这个世界上格斗能力最强的几个人之一。

迟健民提交的方案还是得到了批准，专门建立实验组，研究王鹏翔这几年的所知所学。杨真不太愿意，倒是王鹏翔亲自表达了参加实验的愿望。“只凭我自己去面对那些武功，确实非常凶险。我保守不住它的秘密，更不用说研究它。”王鹏翔终于开始体会到个人的局限。

长时间缺课，加上确认患过精神病，香港中文大学已经注销了王鹏翔的学籍。所以他还问迟健民，参加调查处的工作需不需要再去高考，拿个学历。

“不重要的机构才考虑学历和职称。真正重要的机构，只考虑你能带来什么。”迟健民的回答也很干脆。

阿婕莉娜结束了与水上芭蕾剧团的合同，跟着王鹏翔来到北京。在肖亚雯的帮助下，公安系统北岭训练中心仿照伯尔帕德的密室，打造起一间人体潜能实验室，重建全世界最大的正电子辐射断层扫描仪，每次可以记录五个人的脑血流活动。原理说起来并不复杂，需要的是决心，以上天入海的财力去研究人体动作的奥秘，以前科学界从未有人下过这样的决心。

没有人的进步，哪有科技的进步？

面对这些顶尖的科研设备，王鹏翔又想起了父亲王轩。靠那些简陋的照相机、摄影机，父亲几十年如一日去记录动作影像。如果他能有这样一间实验室，有大笔经费邀请各地武师做被试，岂不是能减少许多周折。或许也不会因为到处奔波，早早便与妻儿分手。

他又想到阿婕莉娜的父亲，在“里海怪兽”的机舱里，谢尔盖陪伴着简陋的心理训练仪器，就是为了用身体证明人类感知能力可以发展到什么地步。如果他也能有这样一间实验室，也许就不用在西伯利亚隐居十几年。

他还想到范东风，以精神失常为代价，走到了原型的边缘，结果被它的魔力带入地狱。

“我站在这些巨人的肩膀上，我必须看得更远，否则对不起他们所做的牺牲！”

◆ ◆ ◆

脚步杂沓，惊起飞鸟蚊虫，一群人穿着厚底靴在林中疾进。这支队伍前后都是瘦小的老挝军警，中间夹着一个高大汉子，非黄非白，长得棱角分明。他叫斯威基，母亲是因纽特人，父亲是白人，公开身份是FBI国际协调员，专门与他国警方配合，抓捕在美国挂号的通缉犯。

远处走来几个山民，带队警官示意大家停下，跑过去询问，然后转回来，用半生不熟的英文转告斯威基，半小时前有几个西方背包客从这里路过，直奔老中边境而去。

“他们肯定要越境，恳请各位把他们拦在老挝。”斯威基不能跨境执法，只好请当地警察多多努力。

十几名老挝警察向密林深处追踪过去。“这样行吗？

不用带重武器？”老挝警官不无担心。他接到的任务是抓捕一名美国贩毒集团首领，此人正在边境地区和当地毒贩交易，身边还有几名打手。

“这个嘛……他们还不算危险。”斯威基含糊地回答道。

不危险？哪有不危险的毒贩。警官知道问不出什么，便叮嘱部下将子弹上膛，多加小心。

很快，一幢小竹屋出现在视野里，门口树枝上晾着一件T恤。众人迅速停下、散开、拔枪在手，蹑手蹑脚地围上去。丛林中视野很受限制，他们必须小心谨慎。三十米、二十五米、二十米……

竹屋里一点儿动静都没有。警官猛挥手，带领众人冲过最后一段距离。

他们晚来一步，屋里的人显然已经发现自己被跟踪，早已仓促逃走。锅里还煮着食物，地上散落着撕开的食品袋，外面那件T恤显然是匆忙间忘了带走。

斯威基走到锅边，用长勺在里面搅了搅。野蘑菇、青菜叶子、几片午餐肉混煮在一起。是的，根据这些食物判断，这就是他要找的那群人。

“他们就吃这些？”老挝警官没见过饭食如此粗粝的毒贩，锅里飘着从附近餐厅讨来的剩饭。

斯威基没搭腔，讲多了，对方会怀疑抓捕对象的身份。如果知道目标并不是毒贩，就不会像现在这样卖力。斯威基看看地形，那群人只能去一个地方。于是他拿出海事卫星电话，调出导航图，画面上出现一道不规则的红线。那就是老中边境，也是他们这次任务的终点。

“还有两公里，可以抓到！”斯威基没有枪，只能寄希望于当地警察。一行人紧追不舍，很快便冲到边境，已经能看到对面的中国巡逻队，两架监控无人机正在中国境内低空盘旋监控。老挝警官走过去和中方沟通，不一会便带回消息。

“他们在边境安装有热敏探头，刚才发现有人入境，正在搜山。”

斯威基焦急地等在边境一侧，半小时、一小时，中方始终没找到越境者。此处山高林密，有些村寨的居民两边都有亲戚，经常跨境往来。逃亡者选择在这里过境，显然事先做了调查。

完不成任务，斯威基只好拿出海事卫星电话，拨通美国国家安全局加密专线。“你确认他们进入中国了？”听完斯威基的汇报，上司在电话那头松了口气。

“确认。”

“好吧，马上回国！”

斯威基顿感诧异，上司的语气和前几天明显不同。想了想，他恍然大悟，自己真正的任务是在老挝追踪一名恐怖分子，可对方屡屡在军警到位前逃脱，让他找不到踪迹。以目标的真实身份，应该没钱去贿赂当地警官。

“老板，如果我没猜错，你只是想把他们赶进中国？”

“一群跳蚤，让他们到中国传播疾病吧！”

“不不不，你不能这么做。”斯威基挥手顿足，气急败坏，“他们在美国有人命！不能让他们逍遥法外。”

电话那边沉默下来。

“老板，你在听吗？”

还是沉默。

“这个决定没有正式文件吧？”斯威基问道。

“‘东方’的事已经过去了，不用再管！”

斯威基下定决心。“如果没有书面指令，那请原谅，我暂时当它不存在，我要去中国把东方揪出来！”

第三章　月光社

“杨真，一会儿处长找你谈话，你得硬气点儿。”

“怎么？”

“你功劳比龙剑大，这个组长就应该是你的。”

自从被授予侦查职能后，高科技犯罪调查处还没有任命侦查组长。不是不重视，而是李汉云太慎重。他想先安排好其他部门，那些组的工作范围容易厘定。连续几个大案后，这个最关键位置的人选必须马上确定，大家都认为不是龙剑就是杨真。李汉云也正在找他们两个人分别谈话。

“当初如果不是你有警惕性，像‘我们’这种大案就会被放过。”韩悦宾也走过来表示支持。

“这个……龙剑表现得很勇敢嘛。”杨真犹豫道。

“咱们又不是普通刑侦队。”韩悦宾很支持这个救过他的同事，“咱们靠脑子，靠知识。”

杨真感谢大家的关心。“不过……当官我还没思想准备。又要管人，又得经常开会，让他去顶雷不是挺好吗？”

她确实还不想当组长，更愿意在第一线，但这不是全部理由。另外一些想法，她觉得和同事们讲不清。当着昔日的老师——今天的主管，杨真反而能敞开更多。

“老师，您知道，我是误打误撞才做警察的。这么多年，我都没在这两个方向上梳理清楚，到底是抓科学圈里的坏人，还是帮助科学界抓坏人。经过这些案子，我觉得自己更糊涂了。”

“所以你才暂时不想接这个担子？”

“是的，以己昏昏，无法使人昭昭。”

破案并不是在讲台教书，不用懂那么多，闷头干下去也会成功。可杨真还是觉得，在不清楚自己更应该做什么之前，她不能承担更重的担子。

从小生长在“科学大院”，进进出出遇到的都是科技工作者，再加上父亲近乎偏执的教育，小时候杨真只想当科学家。与李文涛那段模模糊糊的感情，又朝这个方向推了她很大一步。

然后便遇上一腔热血的韩津，只花了个把月时间，就用烈火融化掉她的旧梦：“警惕科学，警惕科学家！”本科毕业时，杨真交的论文题目叫《科技犯罪的心理学根源》，她还专门报考公安大学，就是要去寻找韩津描述的

“疯狂科学家”。

进入公安大学，接触侦查实践后，他们曾经有过一次讨论。“现实里好像没有那么多科学家在犯罪，最多有几个‘科学怪人’。你说的‘科学坏人’，都是从科幻里看来的吧？”

“不，那是因为中国以前很穷。”韩津教育着这个半是情人、半是妹妹的女孩，“很快中国就越来越有钱，科研经费更多，科技的利益越来越大。到那时，你就会在现实里找到科幻中才有的科学坏人！不远，你毕业后就能等到。”

硕士毕业时，杨真还以《非法人体实验的刑法规制》为名撰写过论文。然而，多年的知识积累还是让她离开了韩津，他们太偏执，他们那条路不对劲儿。与韩津分手后，杨真找不到人生的方向。现实中没有什么疯狂科学家需要她去揭露，也许，应该安静地做个学者？不过，因为前几年思维的惯性，杨真仍然选择以《全球生物科技犯罪对中国的警示》为题，完成了博士论文。

所以，当她介入旌旗岭专案时，已经是这个全新领域的“老”专家了。算上她的老师，全国也没几个人研究科技犯罪并有所成就。她能从纷乱的证据中意识到有人在做非法实验，完全是凭多年养成的职业素质。

然而，连续破获三起科技犯罪大案，不是恰好印证了韩津当初的预言吗？因为理念不合，她和他一刀两断，分得干干脆脆。现在想来，也许他只是有些偏执，大方向并没有错？

“好，你回去等候组织安排吧。”

李汉云当过杨真六年的老师，深知这个女弟子的性格，没想明白的事她宁可不做。不过就此机会，他还是以自己的人生经验点拨杨真。他手蘸凉水，在桌子上画了两条平行的线。

“你瞧，这条是李文涛，是高峰和范丽，是那些激进的科学家，他们总想突破道德法律界限。这一条是激进的反科学分子，总想让科学停下来，把社会倒转回去。”

李汉云又蘸了一点凉水，在它们之间画了条平行于两者的线。

“我们这些执法者应该站在这里。社会已经多元化，他们可以在任何方向上做自己的事，我们总得把整个社会稳定在法律这条中轴线上！”

“就这么简单？”

“是的，就这么简单。你不再是学者，你是执法人员，你的位置就在这里。”

“我懂了老师！”

就这样，龙剑担任了侦查组长，杨真担任副组长。最初，副组长类似名誉头衔，职责只是协助组长工作。李汉云也只是暂时先这样安排，以后会给得意门生另加担子。他又从刚调来的毕业生中拨了四个人充实侦查组。六个人到位后，龙剑召集全组，开了第一次小会。他拿出平板电脑，给大家出示了一张照片。某间会议室里，一个戴着眼镜的男子站在展板前，正在讲解着什么，眉宇间颇有“海归”风范。

“这个人叫王进，杨真应该知道他，其他同志年纪小，可能不知道他的大名。”

杨真点点头，王进出名时，新来的这些师弟师妹还在读初中。

“此人在美国读集成电路测试技术。回国任教后，托人从美国公司实验室里弄来最新型号的芯片，找了个搞装修的民工，把芯片上面的LOGO打磨掉，再把它命名为

‘东芯一号’。你们猜，靠这么俗的一手，他当年骗取了多少科研经费？”

龙剑示意杨真不要回答，把这个问题留给新手。

“三百万？”“两千万？”大家拼命把数字往高处想。

“一个亿！而且，这是十二年前的一个亿！除了钱，他还拿了学院院长、青年学者，诸如此类的许多称号。当时很多人都觉得，他可能会成为中国工程院最年轻的院士。当然，王进最后还是被揭穿了。可他只是把钱退出来，丢掉职位，法律上什么责任都没承担。为什么？因为当时的中国法律根本管不到科技界这些事。”

“天啊，要是诈骗犯，这得判无期啊。五十万元就算数额特别巨大了！”

“最近贪污犯抓了那么多，也很少有追出一亿元赃款的。”

“原来搞科研项目这么来钱啊！”

“……”

年轻的侦查员们议论纷纷。龙剑合上笔记本电脑，总结道：“所以，我们侦查组以后的重点，就是盯着那些经费巨大的科研项目，找出这些蛀虫！”

“怎么？重点不是生命科技犯罪吗？”杨真冷不丁插嘴问道。

一直以来，司法界对高科技犯罪的关注只集中在两个领域：一是信息技术，另一个就是生命科技。杨真以前的学术方向也在这里，她参与的两个大案都属于生命科技范畴。

“生命科技犯罪当然要抓，但那里大鱼不多。现在国家重点科研项目，经费达到十几亿、几十亿的比比皆是。很快咱们就会是全球科研经费第一大国，这么大一个池子，像王进这种乌龟王八肯定养了不少。咱们组，对，还有咱们处，以后就得主抓这些大目标！”

◆ ◆ ◆

卢红雅站在穿衣镜前，把束身衣递给背后的女儿。杨真接过来帮助她勒上，顺便在母亲肚子上摸了一把。“妈，你这里不突出啊，怎么想到要穿这个？”

“你不懂，穿这东西主要是把腰挺起来，妈开始驼背了。”

杨真帮着母亲扣好束身衣的扣子，外面再穿上一套雨竹女装，看着母亲在镜子里左照右照，不禁一挑拇指：“完美！我也得买一件。”

“这是中年女装，你穿在身上，咱不就成姐儿俩了？”

“可我喜欢这个款式……”

“一会我带你去SPAO，我们杂志社女孩有穿的，很不错。”

卢红雅今天这么努力打扮自己，是为了参加肖毅家组织的学术沙龙，这也是她第一次在肖毅的社会圈子里露面。“妈，以后我管肖老师叫什么？”杨真调皮地问。

“你想叫什么？”

“嗯，你知道，‘爸爸’这个词我叫不出口。”

杨真自从十几岁后就没喊过“爸爸”，卢红雅也知道这一节。“那你就喊他老师吧，亚霆和亚雯也这么叫我。一家都是知识分子，没那么多讲究。”

杨真原地跳了两下，算是感谢母亲的理解。在她心目中，“肖毅”这个名字很伟大，能够著书立说，开宗立派。“爸爸”这个称呼却让她一直很抵触，非这么叫，反而会影响他的形象。

卢红雅穿好衣服，拉着杨真的手坐到沙发上。“孩子，以前我没给你在婚姻上做出好榜样，也不好意思多问你的事。不过现在，你瞧，妈妈有底气问了，所以……你自己的事怎么考虑的？”

无论李文涛还是韩津，卢红雅都见过，都不看好，但是她也没阻止女儿和他们交往。听到妈妈的话，杨真犹豫起来。“怎么，男同事里没合适的吗？”

“大的都结婚了，小的刚毕业。”

“唉，我倒不是着急别的，你这么优秀的基因，不传下去可惜了。”

“妈，您不愧高级知识分子，逼婚都显得这么有学问。”杨真刮着母亲的鼻子。

问不出结果，卢红雅只好作罢，母女二人驱车直奔北京城东。在主城和通州区之间，肖毅有座别墅。三层高，庭院敞亮，环境宜人。和同一小区的别墅相比，价格还低了近六成！

几年前，肖毅应邀参加一个批判邪教与伪科学的论坛，他在会上表态说，光靠写文章、办讲座，起不了多大作用，科学不仅是知识，更是一种先进的生活方式，为什么不从生活上体现科技工作者的优越性呢？现在不是有“凶宅”的说法吗？沾上凶宅概念的房子很难脱手，价格超低。于是肖毅就让助手建了一个网站，名叫“智商征税处”，专门收集各地凶宅信息，发送给敢于购买它们的人。

近水楼台，肖毅很快就发现了这套别墅。原主人在这里杀死妻子，然后自杀。偏偏他们又是社会名流，立刻被媒体曝光，消息根本藏不住，房子卖不出去，死者亲属只好用白菜价出售。

今天，几十名客人来到这里。有建筑专家，有材料专家，有宇航专家。在他们眼里，肖毅不光是心理学家，更是他们的精神领袖。三十年来，不知道有多少发明创造是在他们的聚会里碰撞出来的。杨真仔细观察这些来宾，她认识四五个，都是卢红雅采访过的专家。

十几年前搞这种沙龙，就是亚霆和亚雯两兄妹招待客人。后来逐渐成了规模，新力公司的高管也会过来帮忙。今天，肖亚霆派过来几名助手充当服务员，给大家领位、赠饮、备餐。别墅一层有个大客厅，一百几十平方米。肖毅当年买房子时专门挑选客厅大的，就是要扩展私人聚会的空间。

母女二人到场时，客人都还没来，卢红雅去了肖毅的书房。杨真和肖老师打过招呼，便跟着肖亚雯上上下下地忙活。不断有客人到场，她们结识新朋，呼唤旧友。杨真今天的身份是卢红雅的女儿，不用保密。

下午两点，客人来得差不多了，肖毅便领着卢红雅站到大家面前，宣布了这里新的女主人。“感谢卢女士给我的关爱。你们都知道她是个多么出色的女人，能得到她的爱，我无上荣幸，并且会一直珍惜下去。”

当着一众宾客的面，肖毅朝着卢红雅深鞠一躬。这些话事先没和她商量过。隔着很远，杨真都能看到母亲的眼眶湿润起来。

“咦，你怎么也哭了？”肖亚雯就在杨真身边，看着眼泪滚出她的眼眶，悄悄地问。

“没事……”杨真擦了擦眼睛，“为我妈高兴……她苦了半辈子。”

在座宾客都来自科技圈，至少有三成认识卢红雅，很多人也是她的老朋友，大家为这两位前辈能走到一起鼓掌祝贺。杨真又想到那条爱情铁律，如果对方的朋友圈里没有你的朋友，那趁早分手。如此说来，妈妈和肖老师早就有缘分。

在这个平添几分浪漫色彩的下午，杨真听到了很多奇思妙想。一个名叫甄涛的北方大汉来到场地中间，他的主业是工业船舶制造。

“二十年前我到美国做船舶业务，人家老美就问我，你们有十几亿人啊，要是都想过我们这种生活，地球资源不够怎么办？我想还能怎么办？打第三次世界大战呗，拼个你死我活，把地球资源重新分配一下。”

在众人的哄笑中，甄涛按动遥控器，投影仪在墙上映出一艘漂亮的船。

“当然，这是玩笑话，真正的答案在这里。瞧，世界上第一艘深海采矿船，作业深度达到四千米，每天采收两千吨锰结核。深海占地球表面积超过一半，多少财富都藏在下面。现在不是提倡环保吗？几千米深海底就是生命禁区，生物富集度只相当于陆地上的沙漠。从深山里采矿和从深海里采矿，哪个更环保？想想都能得到答案。”

“甄总，你这条船在哪儿建的？”一个听众问道。

“福建船厂，洋务运动中第一家造船厂。当年咱们只能跟在别人屁股后面造小船，现在，咱们也能造世界领先的深海采矿船。”

“那你的矿区有多大？”又一个听众问道。

“多大？三万平方公里！北京市城乡都装进去，再乘以二！这么大一片地方，就我这一艘船在那里采矿。没人争，没人抢！别人没有金刚钻，所有瓷器活都是我的。第三次世界大战？呵呵，为什么要打？只要多造这样的船，它就永远不会爆发！”

接下来轮到一位建筑专家发言。“听了甄总的发言，在座有的朋友可能会质疑，现在中国冶金业都产能过剩，还要深海的金属干什么？其实有那么个领域，仍然需要大规模使用金属，那就是超大体量建筑！”

一座漂亮的连体建筑出现在墙上。四角有四座塔楼，各有几十层高，两座之间由十层高的裙楼连接起来，仿佛放大了十倍的克里姆林宫。

“人们向来只关注建筑高度，其实体量才最重要。超大体量建筑将会把集约化优势发挥到极限。大家瞧瞧这个楼群，想象一下，一家人住在西塔楼的公寓，早上把孩子送到东塔楼的学校，自己到南塔楼的公司上班。下班后再到裙楼里面七千家商店去消费。整个楼群使用面积一千八百万平方米，可容纳一百万人，占地却只有四平方公里。北京主城区常住人口一千几百万，只要十几座这样的楼群，总计占用五六十平方公里土地，就能全部安顿。能源、交通、通信、物流高度集中，城市效率大大提高。”

杨真望着不断变换角度的三D画面，也被演讲人的热情所感染。这是真正的未来世界，地球上从来没出现过这么大的建筑。

“而现在的北京主城是什么？一张一千三百八十一平方公里的饼！如果都换成这种楼，最保守估计也会省出一半土地用于绿化。怎样才能做到绿色环保？把楼盖这么大才行！瞧，湖水环绕、绿树掩映，一座座百万人口的巨城，就是我们子孙生活的世界。当然，北京拆迁成本这么高，不大可能再搞这种体量的建筑，但是全国还有很多新城，刚从农田里崛起，它们都可以做成这样。”

最后，主讲人把话题转回到甄涛的锰结核。“当然，这种巨型建筑必须以金属为骨架。从头到脚，它们就是一座座包装好的钢塔。冶金产能过剩？不，展望未来，它还远远不够！”

是的，不是所有科学家都迷惑于人生意义。眼前这群人站在世界之巅，他们不仅能看到未来，还在营建未来。他们很清楚人类该做什么，自己又在做什么。科学在他们手里不只是符号和数据，不只是力量。

◆ ◆ ◆

“因为会改造人本身，生命科学的进展必须慎之又慎。司法体系绝不能只是在某种生命科技普及后再查缺补漏，必须未雨绸缪，至少应该将最重要的一批生命科学项目纳入监管当中。”

针对手头解决的几起案件，高科技犯罪调查处集体完成了一份报告，提交给有关部门。每个组长再加上杨真，都从自己的角度参与了总结。完成这项收尾工作后，杨真便跟着肖毅全家跑到坝上草原避暑。肖亚霆和牟芳带着女儿肖姗，杨真和肖亚雯做伴。大家选好露营地，支好帐篷，架起烧烤架，热热闹闹地忙碌着。第一批成品摆在塑料布上，肖毅举起饮料杯。

“趁今天大家都在，咱们商量个家庭事务。我和卢老师都立过遗嘱，死后遗体供科学研究。现在我们想把范围扩大到生前，做人体实验的志愿者。”

杨真参与侦破的三个案件，当事人都用自己做被试。他们很勇敢，但却没有任何约束。另一方面，公众对人体实验顾虑颇深，都觉得里面黑幕重重。到底如何解决这个矛盾？杨真也一直在思考，所以立刻被这个倡议吸引住了。

“不搞人体实验，生命科学难以发展，公众对人体实验的接受程度又在下降。我和卢老师商量过，我们想在科学团体里面发起倡议。科技工作者不管干什么专业，都离不开实证研究。在所有社会群体中，数我们最能理解人体实验的价值。老到我这个年纪，小到大学生，只要过了十八岁，都可以做实验志愿者。”

是的，越是调查非法实验，越能理解生命科学的价值。想到这儿，杨真先开了口：“不管自愿也好，被迫也好，我当过实验品。经历过就不怕了。我报名参加这个活动。”然后，她又转向卢红雅：“妈，这事你怎么没和我说？”篝火映衬下，妈妈的脸有些红：“我们也是刚才在路上才商量好的，这不，第一时间征求大家意见。”牟芳也参加了讨论："身为医生，我最清楚社会对人体实验有哪些误解。实验新药的关键就是过滤掉安慰剂效应，所以对被试到底用没用药，实验方不能讲出真相。可是公众不明白，他们就把这种实验当成欺骗。"

"其实这是法律漏洞。"杨真在他们中间算是法律专家，"新药实验也算治疗，叫作拓展性治疗，法律上也要承担医疗责任。医生告诉病人给他用了药，实际上给的是安慰剂，从科学实验程序上很合理，但从法律角度看，确实有商业欺诈的嫌疑。""所以说，你们司法界至少落后科学半拍。"肖亚霆表示着不满。"别欺负我妹妹。是别人意识落后，又不是她落后。"肖亚雯站出来给杨真撑腰。"没有没有，我哪会欺负咱们的妹妹。我本人肯定参加。当年和姗姗妈恋爱时，我就和她说过，万一有个三长两短，就由她把我的尸体制成标本……"肖亚霆屁股上挨了妻子一脚，后面的话被呛了回去，逗得大家哄笑起来。十岁的肖姗站起来跳着脚："你们大人在商量什么？好像不带我玩的样子？""儿童不宜，这事你到了十八岁才能参加。"肖亚雯把侄女搂在怀里，她又想起了什么："不过，咱们这个活动总得起个名字吧？不然怎么有号召力。”

“就叫科学实验志愿者运动吧？”

“科学实验范围大了点，要不就叫人体实验志愿者协会吧？”

“……”

说来说去，半天没吱声的卢红雅开了口：“你们果然都是理科生，起名字也这么啰唆。历史上不是有个最恰当的名字吗。”

“什么？”

“神农啊，中国最早的人体实验志愿者！”愣了片刻，大家纷纷报以热烈的掌声。“神农？对啊，我们就是现代版的神农。”“天啊，这名字太好了！”“卢阿姨饱读诗书，没的说！”掌声中，这个在未来深深影响生命科学进程的活动就在篝火边上开始了。杨真见证了它的诞生。到了这个年纪，已经不是青年，但又不算成熟。她能做很多事情，还会做得很好，却不一定知道这么做的意义。她会迷惑，会怀疑，会消极。但是，有幸和这群人在一起，她在彷徨中浪费的时间要少得多。手机铃声响起，是杜丽霞打过来的。处里有人外出，有急事就由她负责联系。“你到了坝上草原？明天能赶回来吗？”“啊……我可以自己开车回来。”“那好，今天和家人好好玩，明天有新任务交给你。”停了片刻，杜丽霞又补充了一句，“你得有心理准备，处里有可能让你去做卧底！”

第四章　核恐惧

“敏叔，这发型还可以吧？”

“看着别扭啊！”“敏叔”望着镜子里的自己，摇摇脑袋，仿佛头上顶着假发，“不过，你们觉得好就行”。

“敏叔”名叫欧阳敏，因为不修边幅，胡子长得又快，总是一副苍老的样子，结果赢得这个绰号。今天因为要参加一项重要活动，欧阳敏才专门请了发型师。这么一修饰，倒是显出他的真实年纪。这位“海东市径向行波实验反应堆”的总工程师，今年只有三十八岁。

核电站还没完工，科普设施已经准备停当。欧阳敏走进大门旁边的科普厅，助手拿着手提电脑跟在后面。大厅里已经摆好座位，一排长桌后面，欧阳敏与公众代表分坐两侧。这些人都是从网络上应征来参加本次座谈会的，其中有几个人穿着统一的T恤衫，上面印着口号：“不要在海东，请建在别处！”

欧阳敏装着看不见这行字，主动向他们伸出手。几个代表犹豫着要不要握，一个三十出头的女人率先握住他的手，不过她故意戴着白手套。

“不好意思，我担心这里的一切都有污染。”

“那肯定没有，实验堆还没装填燃料。”

欧阳敏请大家坐下，招招手，一侧小门里走出几名员工，在每人面前摆上一份沙冰，五颜六色，煞是好看。欧阳敏面前也有一份。“天气热，请大家边吃边聊。另外说明一下，这些冰饮使用的是反应堆的二次回路水。为证明它们没有放射性污染，我这里先吃为敬！”

“你不是说这里还没运行吗？”那个女人立刻抓住这个漏洞提出质问。

“这些水来自大田湾核电站。”

欧阳敏和助手们慢慢品着沙冰，对面没人动勺子，这让气氛变得既尴尬又紧张。一个粗壮的二十岁男孩最先开口，他的网名叫作雕风镂月。为减少对话者的压力，他们面前的名牌上也只写各自的网名。

“听口音，你不是海东人，你们没一个是海东人，甚至没有本省人。我可是土生土长的海东人，政府为什么把这个祸害建在我们这里？”

“我理解你们的担心，但请先听我解释它为什么不是祸害。”欧阳敏向助手示意，后者打开电脑，投影屏幕上开始播放介绍反应堆运行原理的三D动画。欧阳敏站起来充当解说员，给大家解释反应堆的运行原理。

“你们看，传统反应堆要用控制棒去吸收燃料棒发出的多余中子，中子多了就再插进几根控制棒，少了就拔出几根。因为有这么一道工序，所以存在事故隐患。我们这种新型反应堆不需要控制棒，完全使用燃料棒里面的乏燃料吸收中子，这样就大大降低了事故的可能性。打个比方，对于驾驶技术不熟练的人，开自动挡车会更安全，因为少了个换挡的环节。”

“我不懂核技术，但我也多少懂点科学。”雕风镂月打断欧阳敏的介绍，“想当年硝酸甘油容易爆炸，诺贝尔往里面加了硅藻土，就比以前安全了。但是再安全，它不也是炸药吗？能放到居民楼旁边吗？”

“这位先生，把核燃料比成炸药是不恰当的。而且，我们也并没有建在居住区旁边。”欧阳敏指指自己，又指指助手，“我理解大家对核的恐惧。全世界哪些人接触核燃料最多？当然是我们这群搞核技术的人。当年我父亲在核工厂做黄饼，哪有什么机器？就是挖个几米见方的坑，把铀矿石扔进去，加酸，加水，人工搅拌就这么干了几年。我们都不怕，大家有什么可怕的？”

黄饼的学名叫重铀酸铵，这个俗称大家更熟悉。听到欧阳敏这么说，刚才唯一和他握手的女人开了口。她的网名叫暮色芳华，在公众代表里面名气最大。暮色芳华是出柜的女同性恋，以写“拉拉”题材小说闻名于网络。实验站公关部的人看到这个名字，还特意核实过，确认就是经常上新闻头条的那个女作家。

“但是，以前你们也宣传核电的可靠性，可还是造成切尔诺贝利这种人间地狱，这样的悲剧，你们要在我家旁边再制造一个吗？”

耐心，耐心，除了耐心还是要耐心。欧阳敏不断提醒着自己，对方不是专业人士。

“切尔诺贝利是很悲惨，但并非正常运转时发生的事故。当时苏联军方要搞演习，以确认核电站遭遇攻击时能够迅速启动备用电源。电厂的人没有演习经验，搞得手忙脚乱，结果才出了错。可谓不作不死。并且，那里现在也不算人间地狱。”

欧阳敏站起来，走到墙上挂着的一张大照片面前给大家介绍。照片前景是他和几个白人男子合影，背景是一处建筑工地，吊车林立，工人云集，大家正在建造一个钢制拱顶，很像一座体育馆。

“你们看，这是我本人，背后就是发生事故的切尔诺贝利四号堆。全球核电专家只要有条件，都会到这个现场参观，吸取经验教训。现在这里正建造新拱壳，有效安全防护期为一百年。至于我身边这几位，都是当年在现场救险的英雄。这位是事故那天当班的轮机员，这位是当时的辐射监测员，尤其这位斯塔罗杜莫夫先生，后来他带人爬上废墟，徒手把炸出来的反应堆碎片一块块扔回去，以减少辐射污染。当然，他们的同事里有不少人牺牲了，但他们活到了今天。至于我，在现场参观时受到的辐射，只相当于万米高空飞行一小时的量。所以你们看，那里当然不是天堂，但也并非人间地狱。”

“可是前后死了九万人！”暮色芳华厉声反驳，“九万人啊，你怎么能说得这么轻松？”

无论对方把声音拔得多高，欧阳敏都用低沉的语调把气氛缓和下来。“我知道‘九万人’这个数字，但是找不到它的科学依据。国际原子能机构给出的权威数字，是有五十六人直接在该事故中丧生，估计有四千人因这次灾难带来的疾病死亡，但也只是估计。”

“原子能机构？哼，一听就知道是你们这些搞核电的人组成的机构，当然要发布对自己有利的数字。人数报多了，老百姓不让建核电怎么办……”

“你们……”

欧阳敏的助手想发飙，被他生生按在座位上。“如果各位不同意这个数字，可以用科学的统计结果来反驳。”

“好吧，就算只有四千人，那不都是生命吗？四千位父亲、母亲、儿子和女儿，因为这场事故提前告别人生舞台，你们不为此感到悲哀吗？”

“要说世界上谁更关注这些人的悲剧，那肯定是我们。”欧阳敏讲到这里，眼眶湿润，“但我们想的是以后怎么才能避免发生类似的事故，而不是把核电当成洪水猛兽。蒸汽机诞生后，仅英国就有五千多人死于蒸汽锅炉爆炸，1865年，一艘美国轮船在密西西比河上锅炉爆炸，死亡两千五百人。交流电普及后，全世界死于触电事故的人数更是无法统计。可人们从未想过要禁止这些新技术，而是努力让它们变得更安全。”

……

欧阳敏算是“核二代”，父亲在衡阳二七二厂从技术员干起，直到工程师，现在已经退休。当年父母谈恋爱时，外婆一家全都反对。父亲收入高，长得也不错，但就是这个职业太吓人。“在核工厂上班，将来生个怪胎怎么办？”好在他们还是顶着压力结了婚，欧阳敏也没缺胳膊少腿，母亲那边的亲戚才不再唠叨这茬儿。

核恐惧，从当年到现在不断发酵，欧阳敏对它感同身受。

座谈会在尴尬气氛中结束了，民间代表面前的冰沙全部融化，变成一杯杯彩色糖水，没人尝上哪怕一口。不是知识问题，也不是缺乏勇气，这是立场！哪怕抿上一小口，就等于坐进对方的阵营。他们已经下了决心，核电站里的一切都要当成妖魔鬼怪去抵制。

◆ ◆ ◆

“什么？到一个生态组织卧底？”

翻开从杜丽霞手中接过的卷宗，刚看到头一页，杨真就叫出了声。

“你先仔细看，好有心理准备，等会儿处长找你谈话！”杜丽霞提醒完，转身退出，还把门从外面带上。杨真坐在办公桌前，仔细阅读。

这是高科技犯罪调查处成立后，第一次派人执行卧底任务。目标组织在网络上注册为“绿色工作坊”，真真假假聚集了十几万“粉丝”。线下有若干联络地点，最主要的聚会地是家民营书店，也叫这个名字。它有两个老板，台湾来的于国信是出资人，当地青年张志雄负责在工商税务部门登记注册。

在网络签名中，“绿色工作坊”以宣传绿色生态，提倡环保理念，组织募捐和实际行动为宗旨。其网页上不断发布国内外环保动态和各种生态知识。线下经常组织聚会，不仅中国人，偶尔还有来自美国、日本和欧洲的同道去拜访。最近更有正规媒体采访，影响力日益扩大。

于国信在台湾便经常参加抗议活动，算是“运动健将”，在“职业抗议人”那个圈子里既有经验，也有号召力。近来大陆群体事件上升，他们就来到内地，寻找发展机会。警方怀疑“绿色工作坊”通过网络组织多起群体事件，也给更多的群体事件出谋划策、招兵买马。其抗议对象包括化工厂、矿场、垃圾处理站，曾数次爆发低烈度的警民冲突。

不过，这些事件地方公安也能处理。然而据国安方面掌握的线索，“绿色工作坊”很可能是一个境外生态恐怖团体“东方”发展的外围组织，从于国信到它的核心人员，在境外都接受过该组织的训练，“东方”也可能是他们的金主。该组织无差别地攻击各国科学家和工业设施，仅在美国境内便可能与六起恐怖袭击有关，一共致死十五人，重伤七人。在最大一起事件中，他们涉嫌炸毁弗吉尼亚州一个县的水坝，导致三人死亡。

这个神秘组织之所以自称“东方”，是因为他们相信西方世界的民风世情都被现代工业污染，人类的希望在东方。其领袖也被其成员叫作“Eastern”——“来自东方”。美国安全部门一直在追查这个组织，但始终不知道Eastern是男是女，是黑是白，仅知道此人拥有美国国籍。

最近，他们在老挝发现Eastern的踪影。追捕过程中，Eastern偷越中老边境，已经进入中国境内，有可能投奔“绿色工作坊”。因此，杨真这次卧底行动，其实是应美方请求开展的调查。

估计杨真看得差不多了，杜丽霞才又进来。“你看明白了吧，美国生的蛆，变成苍蝇，飞到咱们这里，还得咱们给解决。”杜丽霞轻蔑地评论道。

“那么，我的任务就是找到这只苍蝇，把他交给美方？”

“处长的意思是，你还要找到这只苍蝇进入中国的目的。如果只是为逃避美方搜捕，抓起来把他遣返就行了。怕的是他们想在国内搞什么行动。看看‘东方’在欧美干的事，危险程度不次于基地。”

看到这里，杨真的脑海中出现一个留着大胡子的白人形象。几年前她参加环保组织的活动时，便经常遇到这样的西方青年。这样的人要在中国搞事情，目标太明显，一般待在幕后，借助在中国发展起来的积极分子。这些套路她都亲自经历过。

杨真不仅有侦查经验，还曾经落入敌手，堪称出生入死，心理素质早就磨炼出来了。但是一群生态主义者能有多可怕，她可没有这方面的心理预期。那些人能干什么？阻拦捕鲸船？给石油公司大门泼红漆？还是真像卷宗里写的这样，能去杀人放火？

杨真走进李汉云的办公室，斯威基也在那里。看到杨真坐下来，这个印白混血大汉稍稍一惊。“李先生，您安排的就是这位警官？”

“是她，参与多起大案的侦破工作，专业能力强，心理素质高。”

“她……请问这位杨警官的年纪？”

“二十九岁，但以她的外形，能适应卧底的身份。”

按照计划，杨真化名李怡楠，出身商人家庭的叛逆女孩，今年二十四岁，大学中文系毕业。她要忘记自己的理工专业背景，装成一个科盲。杨真身材瘦小，稍加打扮，很像刚毕业的新生。平时跟着妈妈生活，也沾了不少文艺范儿。这些她都没问题。

“恕我直言，那些人可不像表面看上去那么文弱。”斯威基打量着杨真，估计自己体重能有对方的两倍，“他们在美国就犯有很多条人命！”

李汉云对自己的选择很有信心：“杨警官以前读书时接触过这类组织，熟悉他们的做法。所以，她是最合适的人选。”

◆ ◆ ◆

北京昌平，公安部第一研究所。

实验车道上，一辆渣土车气势汹汹地开过来，速度至少七十迈[①]。眼看就要撞到布置好的拦阻带，突然，斜刺里蹿出一辆黑色奥迪，狠狠地向它别过去，竟然把渣土车挤下路肩。

飞扬的尘土中，韩悦宾从渣土车副驾驶一侧跳下来。看到实验顺利完成，同事们也纷纷从远处跑过来。不过没人在乎韩悦宾，都跑到奥迪跟前，好奇地摸着、看着、品评着。驾驶座上有个穿西装的人，是用视觉增强技术投射的图像。有人好奇地把手在这个身体上穿进穿出，啧啧称奇。

“怎么样？最新版无人驾驶安防护卫车，顶配！”韩悦宾故意模仿4S店营销员的口吻。

“又不是你设计的，你也就是开过来玩玩而已。”杜丽霞打趣着。

---

① 1迈=1英里/小时；1英里=1.609千米。

这不是一辆真的轿车，而是专门用于撞击可疑车辆的安防护卫车。普通轿车都有碰撞缓冲设计，遇到撞击时车身会变形，吸收动能，减少对乘员的冲击。所以普通车子看上去结实，撞上去却像厚纸壳糊的一样。安防护卫车的作用就是撞击对方，所以打造得厚重而结实，车身有装甲，底盘加了重，而且遥控操作，行动中不必考虑驾驶员的安危。

“莫非这车由一汽大众赞助？”法律组长蔡静茹指着车标问道。

“没有啊。”

“那你怎么搞了个奥迪的外观。”

“反正要伪装成普通车。如果用别的品牌，你也会这么问。”韩悦宾告诉大家，为避免在城市道路上被恐怖分子提前认出来，保证悄悄接近敌人，安防护卫车必须打扮成普通轿车，而且第一次使用前要进行做旧处理。

“对了，杨真呢？我这还有东西给她呢。”韩悦宾问道。他们正说着，杨真从调查处办公楼大门走了出来。一边走，一边回味着处长刚才说的话。“评估危险程度”“找到通缉目标”，不用天天打卡，这活有意思，但应该没什么危险。

“来来来，杨真跟我走，剩下的你们随便参观吧。”韩悦宾把杨真带到技术组。他那里也新到了几个兵，眼下都在网上忙碌着。杨真看看左右几台监视器，不是音乐界面就是游戏界面，自己仿佛进了一家网吧。

“我们正在给你做假身份！”韩悦宾指着一个交友网站登录页面，向她介绍，“这是你的网络身份，网名‘千秋’。”

现实中一个二十四岁的城市女孩，如果在任何网站上都没注册过用户名，肯定会令人怀疑。如果全是只开通几天的用户名，那更是令人怀疑。所以，韩悦宾正指挥技术组给杨真制造一系列的网络假身份。她共有两个用户名，大号“千秋”，小号“一男”，是她那个化名的谐音。

“‘绿色工作坊’都从网上寻找培养对象，聊得差不多才会让你过去见面。所以，你得先和他们聊几天。”

“不用上班，窝在家里聊天，你们可别羡慕哦。”

在“千秋”注册的各种网页上，已经填了一些内容，显示她爱好旅游、摄影、绘画，功课不怎么样，勉强凑够学分毕业；更发过一些愤世嫉俗的短评，咒骂黑心商人、冒牌专家、污染大户、贪官污吏，反正是怎么像“愤青”怎么编。

在“一男”注册的网站上，贴着更隐私的个人话语，都没有明确提到人名和事件，只是一些牢骚和抱怨。有些似乎针对旧情人，有些可能针对父母，有些在骂时政、咒名人。如果有需要，杨真再随便解释给别人听。

“就是说，我搞过几个对象，然后现在还单身？你们这都什么人设啊。”杨真开始熟悉自己的角色。

“这人设多好啊。遇到帅哥，你还可以搞色诱……”

杨真拿起桌上的空文件袋，在韩悦宾后脑上轻拍了一下。她和大韩都是这个机构的元老，说起话来没大没小。那几个新兵听两个组长这么能侃，强忍着才没笑出来。

“好好好，不逗了。记住，你爸是土豪，有点钱，又不是特别有钱，生活奢侈，有外遇，你妈爱赌博，天天跟一堆牌友混，总之是一对不靠谱的父母。所以你从小不喜欢他们，任性、反叛，一年一年不回家。想做点大事证明自己，又不知道干什么好。那类组织最喜欢这种人。”

听着角色介绍，杨真在脑子里慢慢凑出一个人物形象。我能像她吗？我会像她吗？突然她想到一个问题：

“对了，那我爸妈是谁？”

这话问得很滑稽，一旁的女警员扑哧笑出声来。“我是说这个卧底身份的父母。”

网络普及给卧底工作添了很多麻烦。即使她远赴千里之外执行任务，现实中也必须有人扮演她的亲人，以防对方通过网络调查她的身份。如果在一个用户名上找不到她过往生活中的任何人，这个戏就演不下去了。韩悦宾把杨真拉到一边，打开一部工作手机，上面出现一对中年夫妻的合影。

“你的假父母是国安四局的两位同志，他们一直以富翁身份在社会上活动，周围不少人都知道这对夫妻有个叛逆的女儿，从不和他们来往。先后有三个女同志借这个身份出去做卧底，你是第四个。”

了解完这些，一个女警员专门给杨真介绍那些网页。“杨姐，你一共注册过十二个网站，发过文字十二万七千，图片一千四百张。这还有你喜欢听的歌曲，喜欢看的电影。为了贴它们，我们组忙了好几个晚上。”

“天啊，要发这么多字和图？”杨真草草地翻着页面，很快就被搞得头昏脑涨。

“其实也没多少，你看，最早一个用户名设定是你十六岁那年注册的，八年积累这么多内容，已经可以了。”

八年？杨真一时没反应过来。“记住，你今年二十四岁！”韩悦宾提醒道。

“哈哈，这身份让我赚了四岁。”杨真笑道，“不过，八年就在网上发这么多东西？”

“我这里有中国网民平均发文篇幅统计，你的卧底身份是文学院学生，所以我们设定，你发过的网文是这个平均水平的一点五倍。”

用几天时间伪造八年的内容，关键还得网站配合，否则光发帖时间就能暴露一切。韩悦宾已经给这些商业网站递去公函，临时使用他们的后台管理权，更改了这些假网页上的时间。

“还有这个……”韩悦宾递给杨真一部崭新的苹果手机，“内配超级电容，几天不用充电，尽量延长工作时间。通讯录中存了一百多个假姓名，无论你拨哪个号码，都是我们在接听，这就是给你演戏用的道具。”

一个二十四岁的富家女，肯定手机不离身，万一被对方检查或者偷查，手机上不能只有几个号码。交代完这件道具后，韩悦宾又取出一枚微型芯片，只有指甲盖的一半大小。

“这是生物芯片，没有排异反应，靠你的身体运动发电。出发前植入上臂内侧，这是别人最不容易注意到的地方。它会监测你的各种生理指标：心跳、呼吸、血压、皮肤电反射和激素分泌，综合判断你是否处于危险状态，然后自行发出求救信号，同时还给你一个电刺激。如果当时你并不处于危险状态，可以在半分钟内手动发出取消指令。”

韩悦宾曾经和杨真共同执行侦查任务，结果落入敌手。脱险后他就苦思冥想，怎么能在重重围困中发出警讯，这便是他的对策。

“取消要手动？”杨真用手指捏过芯片，仔细地看着。

“对，它会自动报警，取消必须手动，证明你还能自主活动。如果半分钟后没有取消，它就会二次报警，附近合作单位的同志会第一时间赶到。”

调查处只是公安部的一个直属机构，现在还没有驻外人员。他们要在外面执行任务，还要地方上公安、国安等部门的协作，统称合作单位。

“这个……有点夸张吧。”杨真摇摇头，将报警芯片装回盒子。凭她的印象，那些环保积极分子与“穷凶极恶”相去甚远。“大韩，他们就是一群文青，我混进去，应该不需要动手吧？”

◆ ◆ ◆

径向行波反应堆，核工业的先锋，人类能源的希望，终于从纸上谈兵变成了眼前忙碌的工地。核岛、常规岛、配套设施、防波堤，甚至员工宿舍都已经建设完毕。一群群工人正在做装修活，清理道路，种植花草。他们要打造绿色厂区。

望着雄伟的安全壳，欧阳敏却一点儿都高兴不起来。他要应付的不光是民间抗议者，还有更厉害的角色。果然，核电站周厂长打来电话，让他去小会议室。“这次换成公安口的同志。”周厂长在介绍身份时加重了语气。

走进小会议室，看到四名三十岁上下的警官，欧阳敏稍稍松了口气。周厂长介绍对方的身份为“高科技犯罪调查处”——这是什么机构？没听说过。什么叫高科技犯罪？网络诈骗？欧阳敏正在寻思，发现周厂长起身要离开。

“您不在这里吗？”

“他们指名找你谈，按程序我得回避。”周厂长拍拍欧阳敏的肩膀，想说什么却没开口，转身走开。

年纪最大的警官自报家门，是龙剑，调查处侦查组长，其他人是他的助手。和那些民间抗议人士一样，龙剑也是先要询问行波堆的基本工作原理。这么专业的问题，一个警官即使大学毕业，又能懂多少？欧阳敏坐下来侃侃而谈，也用这种方式缓解一下紧张的心情。在他对面，龙剑频频点头，听不懂的地方还会追问两句。仿佛这次不是来讯问，而是来听科普讲座。

“欧阳先生，据我所知，第四代核技术除了行波堆，还有混合堆、高温气冷堆两种，这个实验堆选择了最难的一种。为什么在确定实验项目时，核电总公司最终选择了你们的方案？”

难道是个行家？不，不会，肯定只是临时抱一下佛脚。

“这个……最难并不代表最不成熟。我从小就在核岛附近长大，别人觉得核设施很神秘，我们在里面捉迷藏。读核物理专业时我就在构思这种反应堆，到今年我三十八岁，虽然不算老，但人生中有一半时间都用在这上面。这么久才最终干成一件事，也是可以理解的。”

欧阳敏的语气里透着几分自豪。这可不是一般的技术革新，这是颠覆性技术！也许是自人类有发电站以来最大的技术突破，而总设计师就是他！一旦成功，百年后的科技史绕不开“欧阳敏”三个字。

“那么，实验资金总额有多少？”

“这在总公司网站上早有公示，一百零七亿人民币。”

龙剑边听边点头，其他三个警员或者忙着记录，或者忙着查阅资料，从表情上什么也看不出来。

“为争取这么一笔钱，你们要进行预研吧？给总公司的评审组提供了哪些资料？”

欧阳敏心里一紧，他知道，警察问话先要兜圈子，现在这是要进入重点？

“除了各种理论设计，最主要的是核反应模拟实验，在科技大学超算中心做的。”

“数据很完美？”

“很棒！要不怎么第一时间就拿到经费。”

“可是，模拟实验进行得是不是太快了？”

欧阳敏心头一紧。一个警察，难道真能懂这么专业的问题?

“我是指超算中心的模拟实验，得到数据的速度是不是太快？远超国外类似实验的速度。”龙剑又强调了一遍，“据我了解，全球可能有四五个团队都在研究行波堆，都进行计算机模拟，你比他们领先太多。”

欧阳敏早知道会有人提出这个问题，却没想到会是一名警察。“快是正常的，我们租用的超级计算机，单是运算速度国外就比不了。”

龙剑点点头，冷不防突然把话题转到十万八千里之外。“你们核工业公司副总经理梁日新，曾经是你的研究生导师吧?”

“啊……当过我两年导师，后来调到核工业部门，我也是他调过来的。”这些经历无可隐瞒，欧阳敏想了想，不妨直说。

龙剑转着手里的笔，转着转着，又冒出一句：“负责行波堆实验项目审查的人，也是他吧?”

“当然是他，核能圈子就那么大，彼此不是同事，就是师生，转来转去，大家很容易遇上。”

谈话结束了，欧阳敏没想到，龙剑还从桌子对面伸过手，和他握了一下。“欧阳先生，安心工作。作为普通的中国人，我也祝你们的实验早日成功！”

一行警官离开实验堆，把忐忑不安的种子埋在欧阳敏心里。周厂长再次现身，走到他身边，关切地问：“晚上冷却组开技术现场会，等你去，没问题吧？”他是党务出身，技术工作全指仗着欧阳敏。

“没问题！”欧阳敏在心里发了发狠，“为了能把它顺利点燃，什么关都得过！”

第五章　洗脑

“欢迎你们！”

一个留着长发的瘦高个台湾人向他们伸出双手。此人就是于国信，今年三十七岁，常年待在大陆。接受他欢迎的除了杨真……不，除了“千秋”，还有几个新来的朋友——黑色男孩、玲珑、深海鱼、易朽阁……杨真只知道他们的网名。大家都是先在网上和于国信聊得火热，才决定来这里看看。按照“绿色工作坊”的规矩，除非本人愿意，否则互相也用网名称呼，以减少压力。

小书店位于城乡结合部，营业场所只有一百平方米出头，醒目的位置上摆着《寂静的春天》《平衡的地球》《增长的极限》《人口爆炸》之类环保经典，还有《瓦尔登湖》《进步的幻象》等哲学文艺类图书。每样都摆上一摞，也不管是否卖得出去。再看墙上，这边贴着美国前政要阿尔·戈尔的标准相，那边有德国人民反核示威现场照。对门还贴着曾在联合国任职的默里斯·斯特朗的口号。

地球唯一的希望，难道不是工业文明的垮台吗？我们这代人最重要的任务，不就是让它实现吗？

总之，顾客只要进了门，就会感受到浓浓的环保氛围。杨真仔细翻着架子上的书，没有任何流行读物，都是环保类图书。估计这家小书店赚不到钱，但是于国信一直能维持它的运转。

穿过营业场所，他们走到后面的一间小屋。这里大概不到二十平方米，兼做库房、会议室、餐厅和于国信的卧室。于国信安排大家入座。女士们还有椅子坐，男士们只好挤坐在床上，或者坐在没拆封的书堆上。合伙人张志雄刚刚大学毕业，一脸稚气。虽然书店用他的名字在当地工商局注册，但他本人在店里更像个员工。

看到客人们都坐好了，于国信扬了扬双手。“大家都说要保护地球，可地球那么大，我们的双手这么小，那我们能做什么呢？”说着，于国信打开冰箱，里面的灯并没有亮起来。原来冰箱没通电，只是当储物柜用。

“今天我就教给你们第一个任务，去你们的亲戚家，检查他们的冰箱。自从有这种家用电器，人们会把很多食物放进去，一天，一周，一个月，然后就忘了它们。你们去检查亲戚的冰箱，找出那些塞在角落里的东西，再问问他们，有多少是他们已经忘了吃的。然后……”于国信掏出几把小巧的弹簧秤，分给大家，“你们把那些食物放在一起，称称看有多重。”

第二天晚上，大家又回到“绿色工作坊”，交上他们的作业。最少的有两公斤，最多的有六公斤！加起来，一共有二十多公斤的食物被他们的主人遗忘在冰箱里。看到这个结果，就连杨真都吐出了舌头。当年她参加那些环保组织的活动，大家只会喊空洞的口号，从没有这么细致深入的工作。

“想想吧，中国有几亿家庭，每年会浪费多少食物？要占用多少土地、花费多少劳动才能把它们种出来？……对了，千秋，你的作业呢？”

“唔……因为……因为某些事，我和家人不来往了。所以……”杨真拿出一个乐扣盒子，“我回去检查了自己的冰箱，把我忘记的食物都拿出来煮在一起，罚自己当着大家的面吃完。”

于国信赞许地点点头，拿过盒子，把它放到桌上打开。“这一课会告诉你们，现代人早就把‘消费’当成‘浪费’。很多东西我们只是买，却不吃、不穿、不用。我们把大量产品囤积在自己家里，然后就把它们忘记了。想想看，少买其中的五分之一，根本不影响我们的生活。但是环境压力却能减少很多。来，咱们一起分享千秋的觉悟……”

说着，于国信就去拿筷子。“不不不，有的东西已经放了很多天……”杨真确实有些不好意思。

“其实没那么可怕……”于国信随便夹起一筷子看不清是什么的食物，送进嘴里，慢慢咀嚼着。玲珑、深海鱼等人看着于国信吃了，犹豫片刻，也都动起筷子。

“很好，我们开始第二项作业。”看到饭盒里的食物已经被扫光，于国信招招手，带着大家从后门走到院子里。天气越来越热，书店的炉灶就放在后院一个半敞开的棚子里面，旁边还有一堆各色食品，看上去都是淘汰货。

“每天从全国超市里扔出去几万吨到期和过期食品，它们大部分都还可以食用。这就是我从旁边超市弄来的。从今天起，每天晚饭咱们就吃这些，你们有没有勇气？”

杨真看着那些食品——叶子发黄的蔬菜，现出疤痕的水果，几包一捆的过期食品。其他人看看食品，看看于国信，又彼此对望，都显得犹豫不决。

“很多人高喊热爱生态，关心地球，如果连这些东西都吃不下，那就只是嘴上的功夫。”

说着，于国信拿起一只烂掉小半边的苹果，熟练地削掉腐烂部分，去皮、切块，又拿起另一只表皮发黑的杧果，边削边说：“我在美国留学时，跟着当地环保前辈接受训练，大家直接从垃圾箱里捡食物。和那个比，这已经很干净了，我还是从超市理货员手里接过来的。”

杨真第一个走过去，端起不锈钢盆，跟着于国信一起清洗那些蔬菜瓜果。看到有人带头动了手，其他人也开始参与进来。他们煮了各种菜肴，又打开一包包过期食品，饼干、薯条、小蛋糕……满满一桌子。

“黑色男孩，你还在读大学吧？”于国信问道。

“是的。”

“每月在食品上花多少钱？”

“这……没仔细算，一千五到两千吧。”

“以后你会发现，一百块也能过一个月。”于国信指指这些食品。大家无不信服，如果只吃这些，确实花不了多少钱。但如果只是为了饱腹，这些不是已经足够了吗？

“难的不是吃这一顿，而是天天吃。从自己做起，从餐桌做起，拒绝被工业社会塑造成消费机器。”于国信一边吃，一边给大家讲解这种修行的意义。

“对，社会把我们训练成消费机器，并不是爱我们，只是在利用我们。”杨真也不遑多让，拿来一只碗就去舀菜。看到她都这么勇敢，男生们首先不甘示弱。只有女网友玲珑，勉强吃了第一口，忍了半天，终于跑到院子外面吐了个干净。

“不好意思……我不行……不行。”玲珑擦着眼角的泪花。那些食品其实没有任何异味，玲珑是过不了自己的心理关，从小爸妈就教她不要碰这些垃圾。

“没关系，只要大家知道，保护生态比喊几句口号更难就行了。”于国信胸有成竹，每一批都会淘汰掉几个人，他早就习惯了。

玲珑流着眼泪跑了出去，从此再没回到这间小屋。

第二天，杨真一大早就赶到书店。“咦，你不用上班吗？”于国信放下扫帚，好奇地问。

“生命有限，窝在公司里就是在浪费生命！”杨真把头一甩，接过扫帚就开始做清洁，“再说，我是女生，又不用买房、买车、娶老婆。”

调查处给杨真设计出一个有钱又不用见面的父亲，就是给她整天闲逛制造借口。于国信听了并不怀疑，好多环保积极分子都有这样的家庭背景。父母能给钱，给不了生活的意义。如果是穷人家的孩子，整天忙着一日三餐，哪有精力去保护地球？

根本没谈工钱，整个白天，杨真都站在书店里接待客人，向他们推荐那些环保名著。

“《增长的极限》里有句名言：把经济停下来，就会减少物质资源消耗，但却需要更多的道德资源。”

“这本书告诉我们，人口就是定时炸弹。这话说得太到位了！”

“戈尔说过，为救一名癌症患者砍掉三棵紫杉木，就是人类自私的表现。”

“癌症和紫杉木有什么关系？”顾客显然没听明白这句话。

“因为抗癌药物紫杉醇就是用紫杉木提炼的。”

短短几天，杨真背不下这么多资料，更做不到脱口而出，这里有她几年人生的积累。一旁，于国信暗挑大指。他面试过几百个志愿者，数这个二十四岁的中文系毕业生最理解环保事业的真谛。

新人陆续到来，除了和杨真同一拨的几个人外，又来了阿飞、大猩猩、陈年旧雪……当然都是网名。他们都想参加“绿色工作坊”。看到人数凑足，于国信给大家布置另一个作业，翻找附近小区的垃圾箱，把里面的废电池找出来。

显然，对这些少男少女来说，这种考验比吃剩饭剩菜更困难。晚上，杨真、黑色男孩、深海鱼和阿飞拎着装满废电池的塑料袋回到书店，其他新人已经不知去向。除了他们，还有几个人也坚持下来，他们比杨真的“资历”更老。

对于这种人来人往的现象，于国信早就习惯。不光大陆这样，台湾也如此。不光中国这样，美国也如此。年轻嘛，头脑爱发热，用冷水当头猛浇几次，才能让他们找到真正的自我。于国信从垃圾袋中捡起一枚电池，在大家眼前晃了晃。

“你们瞧，这么个小东西里面含的汞，就会污染二十万升水。所以……”他又晃晃塑料袋，“我们今天拯救了几个游泳池的水！”

“天啊，这么多！”杨真夸张地挥臂高呼，又和身边的同伴击掌相庆，用剧烈的肢体动作抑制着心里的反感。她知道，2006年后中国就不再生产含汞电池，他们只是瞎折腾了一天。这些知识经常在杨真的脑子里涌现，让她抵触着这个小圈子里面荒唐的游戏规则。不过她必须把它们压制住，要让自己变傻、变呆。

“其实我们根本用不着那么多电。人类延续了几十万年，用电的历史才一百多年。那时候，人类使用什么能量？”说完，于国信伸开双臂，先拥抱了黑色男孩，又拥抱了杨真。然后他让大家不分男女，彼此拥抱。害羞的人点到为止，杨真非常投入，用力拥抱了现场的每个人。

于国信满意地回到场地中间，宣讲他的教义：“在没有电的时代，一家人到了晚上会围着一盏油灯，自然就聚在一起。他们分享各自的故事，增进彼此的感情。那时候人类靠爱来维持关系，爱就是电。有了电以后，人类反而彼此疏远。每间房子里都装上电灯，一家人关起门各过各的生活。然后又有了电话，人们开始煲电话粥，却不关心身边的亲人。发展到今天，在很多人的生活中，电视、电脑和手机才是亲人。电是把人类分开的祸害，电就是科学制造出来的魔鬼！”

是的，这些年轻人上过很多年学，没有老师在课堂上给他们讲过人生意义，更没听过这样激昂的演讲。他们瞪大眼睛，屏住呼吸，生怕听漏一句话。

“我们要从世人那里夺走很多物质享受，那我们能给他们什么回报？如果不讲明回报，那就只有苦行僧才会跟随我们。”于国信讲得眼圈发红，他自己先感动起来，也感动了不少人，“所以从今天开始，每次大家告别时，都要彼此拥抱，感受用爱发出来的电。我们要告诉世人，放弃物质后能得到真正的爱。”

从这天起，每个参加活动的人都要与在场同伴拥抱后才能告别。也许他们彼此不熟悉，也许曾经有过争吵，但是每天都要做这个仪式，融化着陌生与隔膜。

到了晚饭时分，杨真会给于国信打下手，用过期食品煮出一锅杂烩菜分给大家。“于老师，您在美国真和他们一起翻垃圾箱？”一个新人好奇地问。

于国信点点头。“其实没那么可怕，都是心理作用。当然，我们也不是什么垃圾箱都翻。”

“要不……您带我们再去挑战一下自我？”杨真马上提议。她总是表现得很积极，其实是想快点过关，进入这个圈子的核心。于国信当然理解不到这层意思，看到新人里有人附议，便欣然接受，带着大家直奔附近一幢写字楼。

“其实我们并不翻大街上的垃圾箱，那里的东西肯定不能吃。反倒是这种写字楼，里面上班族居多，到时间都去点餐，吃不了就扔掉。尤其女生，要和男生买同样分量的套餐，饭量又不大，经常把很好的食品都扔掉。”

这个时间，写字楼里面的白领几乎都下班了。大家来到前厅，于国信很快盯上一个垃圾桶，打开盖子，迅速捡出一个塑料餐盒，里面还有几只完整的包子，半裹在包装袋中。于国信拈出一个，放到嘴里，津津有味地嚼着，然后把餐盒递向其他人。

考验升了级，大家都不敢伸手。还是杨真挺身而出，咬咬牙，抓起一个包子。“保护地球，从我做起！”喊完口号，便将包子填进嘴里。看到她这么大的勇气，周围的男生不甘示弱，纷纷伸出了手。然后是女生……

“好好好，包子不够大家分的，咱们再找找别的垃圾桶。”

他们还没散开，两个保安就跑了过来。他们已经盯上这群怪客，在远处观察了半天，怎么也搞不懂他们想干什么。

“我们在减少碳排放，你懂吗？”杨真骄傲地昂着头。

保安无法理解她这些话，不耐烦地挥挥手：“如果不是来找人，那就赶快走。”

……

没有杀人放火，没有抗议示威，没和社会发生任何冲突，也没人提到神秘的“东方”。杨真每天都跟着这群人，做一些似乎有正能量的事情，以至于她偶尔都会忘记自己是在做卧底。

驶入地下车库，乘电梯到七层，下去后再换另一部电梯，再升到十八层，杨真确信不会有人跟踪，才按动安防手机上的密码键。一扇很普通的防盗门在她面前打开，一名便衣用手持扫描仪对她做了安检，侧身让她进去。门里面有道电磁屏蔽夹层，走进去，再经过一群正在做监控的同行，杨真来到里屋，杜丽霞和斯威基等在那里。

换了假身份后，杨真就不再公开出入任何司法部门，以免被人跟踪，暴露身份。这里是国安部门在本市的秘密监控站，来往的人都从地下车库进入，最大限度避免跟踪。

面对外联组长，还有美国同行，杨真汇报了这段时间的收获。她在“绿色工作坊”中没遇到一个外籍人士，也没什么值得怀疑的对象，都是些头脑发热的年轻人。杜丽霞对此也没什么经验，这次行动本来就是应美方请求展开的，斯威基主动介绍着经验。

“这是他们吸收核心成员的程序。第一步在网上审查你发过的言论，如果志趣相投，就进入第二步，和你在网上聊天，这两关你已经过了。第三步他们邀请你参加活动，给你设置考验，让你一关一关地过。如果坚持不下来，他们会微笑着送你走人，从此断绝联系。”

“那……后面还有什么关？”

斯威基在美国国家安全局里面的任务，就是监视该国境内生态恐怖分子。几年下来，他看着他们从小到大，从少到多，从温和到极端，一步步走向暴力。现在，他坚信这些人会把他们的经验在中国复制。

“再往下，他们会带你参加边缘活动，介于合法和违法之间，看你有没有胆子挑战社会秩序。比如在某家实验室门口涂标语，火烧转基因实验田，或者参加抗议示威。如果你能和警察打起来，甚至更进一步，被关几天班房，他们就会更信任你。”

“所以我还得再偏激一些？”

“对！”

杨真虽然有犯罪心理学博士文凭，但现在就像个学徒，学习着生态恐怖分子的入门功课，当年她参加的那些组织都不会越法律的雷池。美国在工业化道路上先走一步，这股逆流自然也更为强劲。

“可是，那个于国信很自律，很能吃苦。”杨真很难把他当成敌人。

“你们得放弃刻板印象，恐怖分子不可能住豪宅，开游艇，吃大餐。”斯威基知道，他的中国同行还没有这方面的经验，或者把好莱坞电影当成了现实。“想想那个本·拉登，出身富豪家庭，为搞恐怖袭击一直住在山洞里。越是能吃苦的人，干起坏事才越可怕。他们不在乎失去什么。”

时间快到了，杨真又要去参加晚间聚会，她想起身告别，脑子里忽然又升起一个问题。和这个美国人接触几次，她对他也算有点儿个人印象。“斯威基先生，冒昧请教一下，您这么热衷打击生态恐怖分子，不光只是公事公办吧？”杨真能从字里行间感受到他在职业之外的愤怒。

“你说对了！”斯威基长吁了一口气，没想到在这里遇上知音。然后，他给她们讲了段往事。二十世纪七十年代，生态主义者在欧美发动社会运动，抵制北极地区的海豹皮生意。那时，这种生意是加拿大境内因纽特人的支柱产业。这次打击让因纽特社区数以千计家庭破产，斯威基的外公还不上债，自杀身亡。事后有公益组织资助他的母亲到美国读书，才认识了他的父亲，生下了他这个混血儿。

“十一年里面，因纽特社区有一百五十四人因为破产而自杀。在那些呼喊漂亮口号的人眼里，他们的命不如海豹的命值钱。所以我从小就认定那些人才是恐怖分子，他们每个人都是，不用在恐怖分子这个词上加引号！海豹数量大规模下降是十九世纪白人干的事。可十九世纪没有生态运动。等白人们富裕了，吃饱穿暖了，却开始搞这种无聊的运动。据后来研究北极生态的学者说，当年因纽特人捕的那点海豹，完全不会破坏这个种群的繁衍。”

杨真在媒体上没看过这种故事，“绿色工作坊”那满屋子环保图书中也不记载它们。杨真事先看了那么多资料，这种事也是第一次听说。那些无法向社会发声的底层人民，他们的境况被极端环保分子破坏成什么样，她深深被事实震动了。

“那些人反复宣传，如果一个人不能爱动物，就不能爱人类。千万别信这些话，他们完全不爱人类，他们的行为专门坑害最弱势的人。”说完这些，斯威基又耸了耸肩，“可惜，这些话我也只是在你们中国能讲。如果在美国，有人知道司法人员讲这种话，曝光出去，我就得辞职！”

◆ ◆ ◆

剜疤、去皮、切块、摆盘，杨真在绿色书屋里成了熟练的厨工。身边的新人还是来来走走。十天后，和她同来的那批人里面，只有黑色男孩和深海鱼还能坚持。但是不管谁来谁走，书店后面的小屋总是塞得满满的。人与人之间需侧身才能通过。天天和这么多人挤在狭小空间里，别有一番温馨的气氛。

杨真把果盘放到桌上，邀请新来的小伙伴。女生做东西就是细致，看上去不亚于饭店里的果盘，让人忘记了食材的来历。大家每人一把金属叉，分食着水果。是的，这里不能用牙签或者一次性筷子，那是对森林的伤害。

人们一边吃，一边听于国信讲课。在这个小圈子里，于国信就是大明星。来大陆前，他一直在台湾参加各种民间环保抗议活动，曾向台湾地区前领导人投掷过猪粪。迎着几十个镜头干出这件事，那是他一生的高光时刻。今天于国信要告诉大家，作为关心生态环境的人，什么东西是不能吃的。

于国信拿出平板电脑，调出龙虾、澳洲奶粉和牛油果的照片。“不能吃它们？是因为太贵、太奢侈吗？”黑色男孩不解其意。

“或者，龙虾要被我们中国人吃成濒危物种了？”女生深海鱼换了个角度提问。

“那倒不至于，主要是因为这些食材不出产在你身边。”于国信指指照片，“中国人吃的龙虾来自美国缅因州，为了保鲜，这种食材要空运到中国，而飞机是碳排放最多的运输工具。我们多吃一只，大气层里就多一些二氧化碳。”

“奶粉不用说了，你们都知道这是澳大利亚和新西兰出产的。”于国信又指指牛油果，“中国人吃的牛油果，大部分来自智利。南美洲是地球上离中国最远的洲，可以想见，因为国人的口腹之欲，大气层里又增加多少碳排放。过去五年，中国的牛油果进口量增加了多少倍，你们猜猜？”

几倍？十几倍？几十倍？听众拼命扩展着自己的想象力。

“答案是五百倍！”于国信望着一圈差点掉出来的眼球，公布了标准答案，“朋友们，简直是人类贪欲大爆炸！我们一直在无声无息地对大自然犯着罪，可是却没几个人知道。”

“不光这些，所有热带水果都不应该吃。”杨真听罢，马上举一反三，“咱们这里是北方，什么杧果、荔枝、菠萝、榴梿，都要从热带运来，而且不是少数，是成千上万吨地运。多少碳排放都诞生在我们的餐桌上啊。所以从今天起，我带头不吃这些东西！”

这些也都不能吃？就连入门时间最长的黑色男孩都把目光转向别处。于国信向杨真竖起大拇指：“对，这才是我们生态主义者的理想。买东西前看看产地，吃的，用的，只选本地出产的！”

二十年前，于国信和同学们到台湾垦丁森林游乐园去玩。餐厅里，一个富家同学点了法国依云矿泉水招待大家。窗外，五十米远处就流淌着山泉水。两者的品质相差无几，他们却要喝从半个地球外运来的矿泉水。这里面肯定有什么不对劲，那天是于国信走上环保之路的开端。

“像咱们这样吃，这样用，会影响健康吗？不会！想想吧，如果全中国、全世界的人都坚持咱们这种生活习惯，碳排放会下降多少个百分点？可惜大部分人只喊环保口号，并不想从自己做起。”

今天不再是于国信的独角戏，他邀请来一位女嘉宾，是台湾来的同道，网名梦瑶，四十出头。她把一包旧衣服放到桌子上，又拿出一只女用护垫，利落地把它拆开，拿出中间的材料。

“这是用什么做的？石油啊！外加一大堆化学添加剂。每个月，我们女人就要把这种东西放到身体最容易受伤害的位置上？”

“这个话题……我们男生要不要回避？”黑色男孩不

好意思地问道。

“不不，你们也要听，这关系到你们该和什么样的女孩生活下去，是和一台消费机器，还是和一个真正的人。”梦瑶拿起旧衣服，告诉大家如何从小区的捐衣柜里挑选棉制品，怎样清洗，怎样裁剪成月经带。然后还要拔来野草，晾干，再烧成草木灰，装填在月经带里。

“千百年来，我们中国女人就用这种东西解决生理需要。有问题吗？完全没有！我们的身体不像洋人那么娇气，靠这个我们也能繁衍到十几亿。”

对这些“九〇后”的女孩子来说，这种考验比吃剩饭更厉害。沉默片刻，杨真还是第一个举起了手。“梦瑶姐姐教我做吧，我小时候踩过缝纫机。”

杨真照例得到了夸赞。梦瑶又走到每个女孩子身边，闻闻她们的头发。“不出意外，你们全部在用洗发液。那里面有什么成分？硫酸脂肪醇、甲醛、香料、色素，每天为了洗头，我们把几万吨化学废料倒进地下水系统。”

梦瑶掏出一个竹制品，长长的柄，两边有细齿。“小妹们，这叫篦子，我们中国女人清洁头发的传统工具。瞧，一百零八道工艺，纯手工制作，多么精美。”梦瑶熟练地用它梳着头，“就这样，每天用清水洗头，再用篦子用力梳。不光能清洁头发，还能按摩头皮，舒筋活血。我们现代人从产科医院出生那天起，就在化工产品环境里长大。但是，我们完全可以和它们说再见！不，说永别！”

是的，这群人崇拜手工艺品，认为敲敲打打做出来的东西离心灵最近，这里没人会摆弄科技产品。李文涛说过，科学的产物只有亲自摸过、拆过、装过、毁过，才不会害怕它。别说核电站，甚至一部手机、一台电脑，这里都没人会修。

就在这时，杨真口袋里的手机响起铃声。她掏出来看看屏幕，马上一脸的厌恶，又不得已接通了电话，然后小声对大家说：“不好意思，我出去一下。”

杨真来到后院，屋子里面大家一边聊，一边断断续续听着她在怒吼：“不，我不回去……除非他关了自己的家具城，否则他就是森林的杀手……什么，他的生日？那你转告他，女儿祝他生日不快乐。我没说错，就是不快乐。他让雪兔不快乐，让黑熊不快乐，让梅花鹿不快乐，他为什么就要快乐？”

杨真手里拿着的是安保专用手机，通话对象永远是调查处里值班的同事。拟音器会根据需要，将其改成男女老幼不同的声音。如果有人路过她身边，会隐约听到一些对话声，以保证对话的真实性。

就这样，发过一阵牢骚后，杨真转回屋里，一圈仰慕的眼光迎着她。“是你爸爸？”黑色男孩问道。

“我妈来的电话，让我回去给我爸过生日，我几年都没回家了。”杨真尽量做出不以为然的表情，“他从一个家具店发展到家具城，靠毁坏森林发财。我参加环保运动就是替他赎罪，这就算对他最大的关心了。”

“千秋，你能有这么高的觉悟，太难得了。”这次于国信完全不是出于鼓励，而是发自内心地赞美，“大陆这边穷了很多年，刚有点钱，不知道怎么花，大部分人都没有环保意识。所以你们这些人才是宝贵的种子，希望大家把在这里学到的知识传播出去。”

晚上，大家又是一一拥抱、逐个道别。杨真被于国信抱在怀里，这次，她感觉到对方身上的生理反应。一阵厌恶从胃里涌上来，遇到这种情况怎么办？杨真可没有预案。不等她反应过来，于国信就松开手，转过去拥抱别人，似乎也在掩饰那片刻的失态。

第六章　绿色魔鬼

很快，杨真这批新人过关晋级，活动范围也不再限于那间小屋。

时逢周末，志愿者聚了很多，聚会地点改在郊外一处水库大堤。阳光乍落，于国信立刻指着天空一片白色的线状云，提醒大家去辨认。

“这是甲烷污染后形成的云。看起来很美吧？但是想想它的来源，你就会觉得它很丑陋。以后在哪里看到这种云，就说明那里的甲烷污染很严重。再看看我们眼前的水库……”于国信指指远处的坝体，“你们看到给鱼类留下的回路吗？没有！人类为自己的利益在这里拦腰一截，就让无数的鱼类失去了生存权利。一些需要上下游洄游的鱼类可能就此灭绝。朋友们，看看吧，生物大灭绝不是空洞的概念，它就发生在我们面前！”

照例对人类的贪婪来一番谴责后，于国信带着大家走进一片小树林，开始野餐。这个活动很受年轻人喜欢，于国信洗菜、整理餐具，口里念念不停。

“香港人把城市叫作石屎森林，是用抽掉灵魂的石头，也就是水泥建造的。你们就在石屎森林中长大，所以要经常出来接触自然，洗掉身上的病态。你们听，这里没有车声，没有广告声，没有嘈杂的音乐。有什么？风声、水声、鸟叫，只有在这里，我们才能聆听大自然的声音。”

杨真举目四望，参加聚会的人没有一个比自己大。不，现在她只有二十四岁，那么还是有几个差不多“同龄”的人，她就来到这几个人身边，寻找共同语言。大家摊开塑料布，用天然气罐做饭。除了超市尾货外，于国信还往锅里放了一些干蘑菇。香气很快飘散出来。大家一碗一碗地吃着杂烩菜，热烈地讨论着什么该吃，什么不该吃的问题。

“山羊就不该吃，它会啃草根，让草场半沙漠化。如果我们都不吃山羊，牧人就会减少它的饲养量。”

“牛肉也不该吃，七头牛的屁中释放的甲烷、碳排放就相当于一辆汽车。现在巴西那里牛比人口多一倍，就是为了供应世界各国的牛肉市场。”

“我认为肉制品都不应该吃，还是素食最环保！”

“……”

不远处坐着一个短发女孩，正在和朋友低语，不知因为什么就声嘶力竭地喊起来：“对对对，所有男人都是王八蛋！谁都不可信。”女伴搂着她，两人抱头痛哭起来。

“哭出来！哭出来！”于国信丝毫不在意对方刚骂过世间所有的男人，“在大自然中间，在朋友中间，把自己完全释放出来！”

只是稍稍有人惊讶，但没人去过问。接着，黑色男孩开始大声唱歌，脸涨得通红。深海鱼跑过来跑过去，像是在与不知名的恶魔缠斗。周围好几个年轻人都在唱歌，声音难听得近似号叫。

一股热气从杨真腹中升起，让她浑身燥热，眼前出现温暖的光幕，挡在她和众人之间。黄的还是红的？她居然说不出那个颜色的名字，只感觉它好温馨、好温馨。她一动都不想动，像被粘在了地上。

时间开始在记忆里跳跃，这一阵，杨真和两个女孩跳舞。那一阵，她又与黑色男孩高歌。有时候她在于国信身边，有时候又在朝他走去，中间不记得发生过什么。

到后来，杨真蜷缩在地上，过去的事情乱七八糟地涌进脑海。父亲朝着她怒吼，儿时的杨真在观星；父亲朝着她怒吼，杨真正在抓捕逃犯；父亲朝着她怒吼，杨真低头写作业。没有时间顺序，没有因果联系，记忆仿佛水库溃堤，倾泻而出。

“你说对了……科学就是王八蛋，科学家都是王八蛋。”杨真抓着于国信的头发，大声地喊道。她也不知道什么时候又回到于国信身边，为什么又抓他的头发，只是觉得这样很痛快。“我爸就是那种浑蛋科学家，天上的星星比身边的亲人更重要。”

好痛快！杨真像是吐出了卡在喉咙里多年的骨头。

“咦，你爸不是个家具商吗？”于国信轻轻地掰着杨真的手指，他的头发被扯得生疼。

一瞬间，杨真的喉咙像被塞进一个冰块，但是脸上仍然一片潮红。“是啊，他是商人，他以为自己也是科学家，没事就开车……出去几百里，跑到野地里观星……拍什么天文照片。什么节假日都不会陪我……”

发出一连串迷迷糊糊的唠叨，杨真算是把破绽圆了回去。我怎么会这样失态？他们又是怎么了？这不对，完全不对！

杨真坐在地上，闭上眼睛，死死抓住身边的小树小草，像是怕控制不住再跳起来，干出什么傻事。

午夜时分，杨真走到国安部门秘密监控室外面。头仍然晕得很，她努力让自己镇定下来，按出密码。没有调查处的人在场，里面只有国安部门的两个值班员，不属于一个部门，以前他们见到杨真出出入入，只是点个头。“你怎么了？”看到杨真喝醉酒一般，又不是在规定时间上门，他们立刻紧张起来。

杨真站立不住，瘫坐在地上，从贴身衣袋里拿出一支小小的塑料袋，里面装着一点杂烩菜的样品。“这个……有问题……你们化验……”

“你中毒了？要不要去医院洗个胃？”一个人走过来，翻着她的眼皮。

“不不，洗胃没用，氯丙嗪……找安康医院能开出来。”

眼看杨真支撑不住，两个人扶她到里屋，看着精疲力竭的她睡过去。第二天清晨，杨真醒过来，头痛欲裂，像是灌了整整一瓶二锅头。

“杨真同志，市局对样品作了化验，里面有裸盖菇，南美流行的天然生物毒品。”

果然如此，这就是他们与大自然沟通的奥秘。酒后吐真言，吃下毒品后更是如此。我怎么办？我还什么关键线索都没找到，还必须坚持待下去！

“氯丙嗪拿来了……”一个工作人员把药递给杨真。她服了一颗，把余下的小心收好。吃天然的裸盖菇，毒素有限，并不致命。如果有必要，她还得装作不知道，继续喝下毒汤。

只是，她得拼命控制管住自己的嘴。

◆◆◆

又是公安部的人？

欧阳敏一边听周厂长介绍情况，一边用力搅动双手。像是在搓着一截不存在的麻绳。他们要干什么？有什么事不能等实验堆开机后再说？

“这次你放心，他们是来帮我们的。”周厂长给他打着气。

“帮我们？他们能帮我们什么？”

很快欧阳敏就发现，听上去不可能的事情真会发生。这次找他的人是公安部直属高科技犯罪调查处技术组组长韩悦宾，上级要求这名警官帮助海东实验堆健全安防体系。

“我们处正在接手国家重点实验项目的安防工作，我想把你们这里当试点。核电站的安防肯定全社会都关注，你们也很需要提升它的水平吧？”

“需要需要，当然需要！”欧阳敏不光是在口头表达，还再一次握住韩悦宾的手。刚才见面，他只是用单手礼节性地碰碰对方的手，现在则是双手紧握。“这个问题一直悬在我心里，核电站的安防问题很多，现在比三十年前更复杂。我们搞技术的，又没那么多经验。”

旁边，周厂长一拍欧阳敏的肩膀：“那你就和韩警官好好合作吧，听说他们那里的安防技术世界领先，只有想不到的，没有做不到的。你有什么想法，都可以和他们商量。”

马上，欧阳敏临时改变工作日程，拿出电厂设计图，与韩悦宾逐区域、逐部门分析安防问题。这个工作要抵御的不是天灾，而是人祸。国外核电站都遭受过哪些冲击，欧阳敏以前就收集过很多资料。然而虽然能发现问题，却并非他这个核电工程师能够解决。现在有公安部门的人撑腰，欧阳敏自然高兴。

接着，两人走进厂区，欧阳敏带着韩悦宾东走西看。这里应该有监控，那里应该设隔离带。“我甚至有过设想，以海东实验堆为圆心，以三公里或者五公里为半径划个监控区，可疑车辆一驶入，监控系统就能报警，但不知道你们有没有这种安防技术？”

“小意思，海东市交通队给本地车辆做安检，顺便装个芯片就行。本地车辆要路过安全区，必须提前申请。凡是没装芯片的外地车辆，驶进安全区就会触发报警。不过，以前发生过类似事件吗？”

“德国海姆斯兰核电站，2006年就有人试图用车撞击大门，离电站一百米才被拦住。”

“如果真能发生这种事，安防硬件还得升级。”韩悦宾是个技术迷，不断想象着安防技术的运用空间。眼前如此高大上的设施，刺激着他的脑细胞：“实验堆应该配些硬家伙，无人机、安防车之类，把各种危险阻拦在外面。还有那些软性冲击，比如人群集会什么的，地方警力也必须有预案。”

“这种事，海东公安局可做不了主。”欧阳敏提醒道。

“这不是他们的事，甚至不是省里的事！”韩悦宾回答得斩钉截铁，“国家重点科研项目，必须万无一失。”

等到午餐时间，两人已经来到专门为实验堆建设的防波堤上。福岛核电站曾被十五米高的海浪淹没，这里把防浪标准提高到十八米。自有水文记录以来，这段海岸线从未出现过这么高的浪。

两个人坐在电瓶车上一边吃饭，一边商量着安防细节。忽然，欧阳敏脑子里闪过一个词。官方机构里面这个局、那个处，他本来是听过就忘到脑子后面，但是“高科技犯罪调查处”这个名字怎么这么熟，应该不久前才听说过。

欧阳敏忽然放下筷子，变了脸色：“刚才你说，你来自哪个部门？”

“高科技犯罪调查处，新成立的部门。”

“龙剑是你这个部门的人吗？”

“是我们处侦查组的，你怎么会认识他？”

欧阳敏把盒饭一放，立刻脸沉下来：“你真是来给我们做安防的吗？”

◆ ◆ ◆

“今天就我自己？”

杨真望着空荡荡的后屋，这里头一次这么清净，只有她和于国信。

“他们……”于国信的声音忽然变得干涩起来，“去调查本市烂尾楼的数量，因为工程烂尾，浪费了很多社会资源……”

“这件事很有意义啊，你怎么不通知我？”杨真又摆出跃跃欲试的样子。

“不不不，你别去，我是想找个机会和你单独聊聊。”于国信终于不再绕弯子。他年近四十，平时谈起人类未来、社会理想，总是自信满满，现在脸涨得通红，开始口吃起来。

杨真装着没注意，找了把椅子坐下来。于国信问了她的家庭、经历、兴趣、理想，绕来绕去，终于绕到杨真早有准备的话题上。

“你看……我……我从没遇到你这样有激情的女孩，不光有理想，还有教养。大陆没遇到过，台湾也没遇到，在哪里都没遇到过……所以我想，我很想，很想能和你进一步……”

怎么办？立刻拒绝？刚抓住的线索可能会马上断掉。玩玩暧昧，拖延时间？倒不是做不来，可是后果又会怎样？一时间，杨真不敢再看对方的眼睛，但是她的脸色却在于国信的视野里，只不过他不会读出她的真实想法。

“但是……如果我拒绝，以后还可以到这里聆听真理的声音吗？”杨真问得小心翼翼。于国信这把年纪，在这方面该不会像个情窦初开的男孩吧？

“当然可以……完全可以，其实我更怕把你吓走，你是我们难得的人才。”

“嗯，那不好意思，我已经心有所属了。”

杨真终于找到了借口，没想到一点儿都不起作用，于国信坦然一笑：“这我能猜到，你这么出色的女孩，不可能没人追求。可是这没关系啊，我又不想独自占有你，只想关心你、照顾你，我可以和那个人一起爱你。”

“……”

杨真的脸色完全僵在那里，半天都没变化。领受卧底任务时她还和同事们开玩笑，不用去黑社会卧底，也不用搞色诱，呸呸呸，看来不能乱讲话。这不，把自己给说中了。

“好吧好吧，我知道这很唐突，今天你不用回答。任何时候，你高兴了再回答。”

只有两个人，这么尴尬的场面，杨真很难再待下去，于是找了个借口溜出来。很快，她又一次进入国安局监控站，杜丽霞和处里的司法组长蔡静茹都在那里。后者正在本市处理一件法律事务，顺便来关心一下正做卧底的同事。面对她们，杨真讲出了自己的尴尬处境。

“哈哈哈，你这是不想有什么，偏就有什么啊。”杜丽霞笑得弯下腰去。

“唉，色诱个帅哥也行啊。”回到自己人身边，杨真终于能放松下来，“就他那个尖嘴猴腮的猢狲样。”

“你是说，他不在乎你有男朋友？”蔡静茹插了嘴。她在香港出生，海外长大，什么样的性关系都见识过。

“他说他支持多性伙伴关系，男女之间绝不互相占有，所以我就没招了。”

“那我教你一招！保证他以后不会再骚扰你。”

蔡静茹把她的计划讲出来，两个女同事大张着嘴合不拢。“这个……这也行？”

“肯定行！趁杜丽霞也在，你们俩照个婚纱像。”

“为什么是我？”杜丽霞连连摆手，“大姐，你出的主意，你自己和她照啊。”

“我气质上不像是个‘T’！”

这次轮到杨真笑岔了气。过完女人们的八卦瘾，杨真又和她们聊起卧底时的感受：“一个怪珈带着一群傻孩子，天天做挑战游戏。开始很刺激，很快就有点儿无聊了。这群人能有什么威胁？”

“可别小看这群人，你还没参加任何抗议活动，那就不算进入核心层。”蔡静茹给她们讲了一段亲身经历。当年她还在香港警察学院接受培训，被临时叫去增援。到现场一看，是海外绿色和平组织派来一队人，突然闯进香港深水湾，扯起标语，抗议当地的垃圾焚烧场。

“出事的时候，那座焚烧场已经关闭了三年。他们不用考虑真假，就是为抗议而抗议，街头就是这群人的工作场所。我绝对相信，他们正在给什么任务挑选街头战士。”

第七章　风雨核电站

再次和于国信单独相处，杨真掏出手机，调出几张婚纱照。杜丽霞一身男装，站在杨真的背后，两个人表情非常亲昵。

“不好意思，我是Lesbian，从小就不喜欢男人。”

于国信挨了当头一棒，呆坐在那里，好半天才开口：“她……她也是环保人士吗？你可以邀请她参加我们的聚会啊。”

“不不不，我和她只是纯粹的感情关系，平时不谈这些。再说她是隐婚，有丈夫，不能随便抛头露面。这件事，还请你别和他们讲。”

于国信咬咬牙，腰弯得更厉害，像是在扛着千钧重负。“你知道吗，我是阿雅族，就是你们说的高山族群之一。一个世纪前我们还是母系社会，很尊重女性，大男子主义那是汉人带来的恶习。所以……我尊重你的性取向。上次我说的那些……就当不存在。总之你千万别离开！”

从这以后，再举行拥抱告别的仪式，于国信便会主动错开杨真。

回到联络站，杨真本想感谢杜丽霞帮她过关，来的却只有侦查组长龙剑：“下周月光社聚会，海东实验堆总工欧阳敏也去，我请你也到场，帮我寻找一些线索。”

杨真执行卧底任务后，就一直没回北京。龙剑给她讲了处里发生的事情。在一次组长联席会上，负责技术的韩悦宾和他爆发了冲突。韩悦宾指责龙剑封锁消息，让他在欧阳敏面前搞得很被动。龙剑辩解说，调查欧阳敏是多部门联合行动，他不过是代表调查处参与这个行动，哪有权限随便外传。

“行波堆有多重要你懂吗？事关国运的项目，马上就启堆实验，你们那些调查缓缓不行吗？”韩悦宾不管什么联合行动，分毫不让。

“那科技口的贪腐难道不该抓吗？一百多亿的项目，背后能产生多少猫腻，你也不是不清楚？”

还是处长李汉云亲自出面调和了这次矛盾。他首先明确清查科研腐败的重要性。公众对核电事业本来就是半信半疑，如果核工程里也有腐败，公众知道后会更加恐慌。所以查清这类案件，本身就是对核电事业的爱护。不过实验堆正在启动前的最后阶段，李汉云要求龙剑先不要打扰欧阳敏，让他把技术方面的活干完。毕竟在那起腐败大案里，他只是个外围的怀疑对象。

李汉云还特别叮嘱韩悦宾，他和龙剑执行不同的任务。为取得欧阳敏的信任，韩悦宾做什么都行，但是绝对不能把调查进展透露给对方。

给杨真讲完这些事情，龙剑显出为难的表情："你看，表面上各打五十大板，处长实际上打了我七十大板。以后不方便再去面对面调查欧阳敏了，所以我请你帮这个小忙。另外，面对警察他会很谨慎。坐在一群科学家里面，他的口风可能就会松下来。"

龙剑和杨真分别担任侦查组的正副组长，但是两人资历相当，杨真更是处长多年的门生弟子，龙剑也不好用命令的口吻要求她，每次都很客气地用请求帮助的口气和她讲话。

"你们怎么闹成这样啊？"杨真叹了口气。如果是侦查对象，是外人，她可以坦然接受他们表现出各种人性的弱点，但是在同事之间，杨真总不想有那么多摩擦。

"唉，我和'颜帝'也没有个人恩怨，都是为了工作嘛。"韩悦宾长得帅，颜值高，被同事们起了个绰号叫作

“颜帝”。

执行卧底任务前，杨真和母亲打过招呼，告诉她自己要外出消失一段时间，从此便再没见面。她也很想回去看看妈妈，于是就答应下来。杨真找了个借口，在于国信那里告了假，乘高铁回北京。下了车，杨真拿出手机和母亲联系，知道卢红雅正在肖毅老师的别墅那里。

“太好了，我马上过来。”

“快中午了，你想吃点什么？”

“吃不重要，您把热水放好，我回去洗个澡。”

肖毅在新力公司和助手们研究路演的事。别墅里只有卢红雅和保姆。杨真闯进门时，卢红雅刚放好热水。匆匆和母亲打了个招呼，杨真就跑进了卫生间。

“咦，这么急？你掉到沟里了？”卢红雅开着玩笑，想推开卫生间的门，却发现被女儿反锁了。“妈，您先别过来，我身上脏得很。”

“咦，闺女这是怎么了？”卢红雅不好细问，便去厨房给女儿准备午餐。洗干净身子，杨真穿着浴衣走到厨房，从后面搂着卢红雅的腰，把脸贴在妈妈的后颈上。

“咦？你怎么哭了？”卢红雅转过身，捧起女儿的脸，泪水正在杨真的眼眶里打转，“任务很困难？”

杨真张了张嘴，还是忍住了。卢红雅拉着女儿的手，一起坐到沙发上。像过去许多次那样，她让女儿钻到自己怀里，好好地哭出声来。

“妈，我的事我能解决，但就想在您这里哭一下。”

“好吧……”卢红雅抚摸着女儿的头发，她能感觉到泪水沾湿了自己的衣服。过了一阵，杨真不哭了，用力抹着眼泪。

“咦，谁欺负你了？”肖亚雯刚好走进来，看到杨真这个样子，十分诧异。

“那倒没有……”

“有人敢欺负你，姐姐去削他！”

杨真被她夸张的表情逗笑了。“雯雯姐，给我找几件你的衣服吧。”

如果女儿有什么事情要说，她自己会说出来，如果不讲，肯定是有难言之隐。卢红雅知道杨真工作性质特殊，她做了几十年媒体人，自己也有很多不能说的秘密。于是卢红雅拥抱了女儿一下，转身又去了厨房。

肖亚雯的衣柜里不是迪奥就是柏百利，杨真从来没穿过，还得要她的雯雯姐在穿衣镜面前指导。简单的午餐过后，客人便陆续到来，杨真已经化了淡妆，和姐姐一起招呼他们。

◆ ◆ ◆

二十年前，专营心理服务的新力公司创办不久，还非常简陋。他们接到中科院委托的一个大单，调查科研工作者的心理健康状态，拟定解决方案。

就这样，肖毅夫妻带着助手深入各大科研院所，频繁地和各专业的科技工作者打交道，问卷、访谈、集体沟通。慢慢地他们发现，科技工作者发生心理问题，往往并非失业、失恋那些通常的原因，而是觉得找不到生活的意义。搞科学究竟是为什么？当科学家真比做餐厅经理更有价值？天天埋没在琐碎的科研工作中，不少人搞不懂自己在做什么，甚至人为什么活着。偏偏这个群体比其他阶层的人更爱较真，不知道自己为什么活，就不能好好地生活，甚至会想到自杀！

科学对人类有什么意义？对每个人又有什么意义？这

些价值观、人生观问题在科学里面并没有答案，用一些冠冕堂皇的话去应付，也不是肖毅夫妻的习惯。没有答案，他们就自己寻找答案，而这不能靠坐在屋子里苦思冥想。

于是，夫妻二人不断邀请年轻的科学工作者到家里做客，从各自的专业出发，讨论这些问题。研究理论物理对人类有什么意义？从事航天事业对社会有什么帮助？干信息工程有多么伟大？大家各抒已见。再后来，话题集中到每个领域的未来上。毕竟在科技工作者的眼里，未来远重于过去。发现科学的未来，搞清本专业的未来，也就找到了自己的未来。

久而久之，这个沙龙成了跨学科的脑力风暴大聚会。那时候住房拥挤，肖毅夫妻便带着大家到社区公园里讨论。大家经常坐在月光下，一边聊，一边用蒲扇赶蚊子。于是就有人提议，不妨把这个沙龙叫作“月光社”。

慢慢地，话题扩展为“科技如何让生活更美好”，参加的人不断增多，学科范围日益扩大。当年那些年轻人有不少已经成长为院所领导或者项目主管，仍然经常回来参加研讨。现在，月光社已经成为科学界大名鼎鼎的私人沙龙。

今天，肖毅因故不在，于是卢红雅当起了主持人。新人旧友互相认识之后，第一个出场的是北风纳米科技公司总裁陈建峰。他先拿出一块篮球大小的矿石，又拿出一枚眼镜盒大小的金属锭，最后拿出一个优盘大小的零件，把这三样东西摆在玻璃茶几上。

“你们看，这就是传统的加工方式，为了做出这么小的零件，要把这么大的钛锭放到机床上切削刨铣，零件成型后扔掉一大堆边角料。它们要回炉才能再次使用。而要冶炼出这块钛锭，就需要这么大的矿石。从头到尾，整个过程消耗大量能源，制造大量污染。”

然后，陈建峰又拿出一把蓖麻籽摆在桌上。黑地白花，像是彩色的砂石。

“小时候学校里种蓖麻，我们课外劳动的任务就是捡它的籽，送给工厂制造滑润油。那时我就很好奇，这么小一个籽，这么点重量，埋到地里，洒点水它就长，然后再结籽，里面还生长出人类能使用的油脂。孩子们在地里打闹，随便一脚就能踩到蓖麻籽，根本不值钱。可是，把全世界的科学家都请到一起，他们能合成一个会生长的蓖麻籽吗？至少今天不能！大自然比科学高级太多。

“长大以后，我才理解制造与生长有本质区别。如果能推广我们的纳米簇生成技术，让材料在模具里生长为我们需要的形状，那就完全不一样了。未来的纳米工厂会像麦田一样安静，也不再有这么大的资源浪费。”

果然，欧阳敏应邀参加了本次沙龙。座中不少人都是各学科领军人物，但是听到他的名字，仍然响起一片惊呼。显然，人们都知道行波堆实验有怎样的意义。

虽然第一次参加月光社的活动，但是回到科学群体里，欧阳敏算是找到了知音，不再需要防备谁，讲演中豪情万丈，把一幅宏伟的前景描绘给大家，最后总结道：“实验堆一启动就能变废为宝。过去三十年，我国积累有两千多吨高放射性核废料，现在都可以作为核燃料填进去再利用。行波堆再多建几座，以后全世界核电站的废料也都是我们的燃料。中国必然成为全球核电中心，届时煤电可以退役，水电可以压缩，不用等到可控核聚变，绿水青山的理想就会彻底实现。”

座中这些人虽然没几个搞核专业，但对核电技术却有不同程度的认识，比起临阵磨枪的龙剑，科学知识扎实很多。听完欧阳敏的演讲，一名白发女士马上提问：“我看了报道，现在各国研究行波堆，都还处在计算机模拟阶段。但是据我了解，采用蒙特卡罗计算法给堆芯建模，模拟燃料过程，计算量大得惊人。你们是怎么做到比国外同行快这么多的？”

“我们没给堆芯建模，也不用蒙特卡罗计算法，我们用的是体积等效处理法。”

白发女士轻轻地摇摇头：“我知道这个方法，那样的话，计算正确性就难以保证了。”

既然遇到懂行的人，欧阳敏也不绕弯子了：“行波堆使用低富集度的核废料，会产生几十种裂变产物。如果严格地给堆芯建模，计算量之大，恐怕已经突破电子计算机的物理极限，将来生物计算机、量子计算机或许能运行这种程序，但那不知道要多少年以后了。”

“所以你们想早点完成数字模拟，进入物理实验阶段？”

“对，早点把堆建起来，把核废料填进去，早点把纸上谈兵变成真刀真枪！”欧阳敏非常自信，“当然，肯定有失败的风险，并且可能性不小，但这与它的安全性没关系，实验即使失败，也不会有任何辐射泄漏出去。”

“这点我们倒是放心。”

杨真坐在远处，把整个讲座都录下来，准备带回去给龙剑分析。这正是后者调查的重点，有人举报欧阳敏编制错误程序，形成虚假模拟结果，才从核工业总公司那里获得这一百多亿实验经费。至于改变模拟程序，到底是科学上的必要，还是只为了套取经费？这可难坏了一群侦查员。

尤其是龙剑，既然来自高科技犯罪调查处，那么在整个专案组里，就由他负责厘清这些技术问题。龙剑生生逼着自己啃完了一本核物理入门教材，还是不敢下结论。

在北京这里，杨真不用担心被跟踪，聚会后她回到调查处，找到龙剑。“我想，你不如不管钱的来历，只查它们的去处。”杨真把录音交给龙剑时，又补充了自己的建议，“一百多亿都干了什么才重要，只要欧阳敏没往自己腰包里放，那不就行了？”

龙剑高深莫测地摇摇头：“不，我查的不是欧阳敏。具体是谁，部里有纪律，揭起锅盖那天你就知道了。”

既然回到处里，当然要向李汉云汇报工作。他们不仅会谈具体的案情，李汉云也会讲讲自己正在推进的事情。当年他们还是师生关系时，就一起讨论过如何组建这个监管高科技的机构。按照李汉云的想法，它应该是个跨部门的综合机构，不仅要横跨公检法，还要请中科院、科协、科委，甚至军方加入。

所以这段时间，李汉云就在“科”字头的部门那里反复沟通，请他们派专家参与这个机构的工作。但是对方的态度并不友好。有人质疑他们在搞新式的宗教裁判所，限制科学的发展。有人觉得他们小题大做，科学难道还有禁区？搞科研还要先从法律角度做申请？

谈来谈去，其中一些负责人告诉李汉云，他们可以理解监管科学工作的必要性，但你们这个处，为什么不同时打击那些反科学的势力？他们有很多行为早就踏过了法律的红线，打砸科研部门、攻击科学家、释放实验动物、袭击本来无害的工业企业。不用懂法，也能知道这些行为是犯法的。但就是因为那些人早早占领了道德制高点，司法部门便一直手软。

这的确是个问题，如何为高科技部门保驾护航成为李汉云亟须面对的新课题。而杨真出的这趟外勤，包括韩悦宾执行的任务，本质上都是在朝这个方向进行的尝试。

听李汉云这么说，杨真对自己任务的意义又多了一层理解，但这不足以打消她的迷惑。“处长，他们并不符合我心目中的坏人形象。您指导我研究了多年的犯罪心理学，接触不少案例，犯罪分子的人格都是什么样，我心里有个轮廓，他们装不进这些概念中去。”

看来，由于深入得不够，杨真还是没能认识到这群人能制造多大的威胁。李汉云想了想，慢慢解释道：“我这辈子接触过很多案例。作为学术研究的材料，我要剖析这些案件的过程。但是作为普通人，我会从另一个角度来思考。一般来说，犯罪总是利益冲突的激化。每接触一个案件我都会设想，如果当事的某一方能退让一步，事情就不会发展到犯罪这一步。”

杨真听着，点着头。平时接触卷宗，她也不时产生这种想法，但她看不出这与眼前的任务有什么关系。

“人与人都会有利益冲突，可以沟通，可以协商，可以妥协，但是你跟踪的这些人不同。他们不关心人的利益和人类的利益，他们的目标是让所有人都交出自己的大部分利益，并且没有补偿。你看，这就没什么可协商的了。如果有人一开始就把自己摆在不能协商的位置，他们就只有两个选择，要么彻底放弃，要么走向暴力！”

◆ ◆ ◆

再次回到“绿色工作坊”，那种轻松惬意的气氛终于结束了。这天吃完晚餐，于国信便让张志雄收缴大家的手机。“一会我们要看秘密录像，不能拍也不能录音。”

“您不相信我们？”黑色男孩表示了不满。

“这里面有国外环保斗士的教训！你们没有反侦查经验，警察可是无孔不入的！”

于国信一直表现得温文尔雅，难得严肃一次，屋子里的气氛顿时紧张起来。看到这个局面，杨真带头把手机交出去。“我能理解，要想办成大事，必须遵守纪律。”

就这样，大家一个个交出手机，张志雄拎着装满手机的塑料袋去了外面的书店，并且关门落锁。也许他会查看每个人的手机？杨真手心渗出了汗。她并不怕被伤害，周围就是闹市区，出了问题，这群人也不敢对她做什么。只是一旦暴露，卧底任务就算彻底失败。

看到前后门都被反锁，于国信才拿出一张光盘，放进电脑。为了保密，重要信息他们不会通过网络传递。

“以前我给你们讲了很多，但那些只是皮毛。这位

Eastern，伟大的生态主义者，他有很多先进理念要告诉你们。”

Eastern？这不就是她要寻找的目标吗？杨真立刻竖起耳朵，想从于国信那里多听一些关于此人的介绍。不过他却再没张嘴，只是在电脑上播放 Eastern 的讲演录像。

屏幕上，一个戴着摩托头盔的人坐在房间正中的桌子后面，看不出实际身高。此人身穿不辨性别的运动服，戴着手套，不露一寸皮肤。背后墙上没有一个字、一幅照片、一张画，甚至没贴墙纸。

总之，画面上没有一点可供追查的信息。

杨真眯起眼睛，观察着录像，这段时间温馨平和的气氛让她有些松懈。但是，如果一个人选择以这样的装束，在这样的场合露面，动机只能是反侦查！

很快，音箱里传出通过拟音器转化的声音，听起来像是机械摩擦声。Eastern讲英语，于国信做同声传译。杨真注意地听Eastern讲的每句话，不是于国信的翻译，而是直接听原文。

怀念乡村社会，赞美田园风光，谴责工业公司，咒骂科学技术。Eastern讲的大部分内容在杨真听来都是陈词滥调，生态主义者几十年如一日地重复这些话题，杨真背都能背下来。她看看左右，那些新来的志愿者显然很少听如此高论，每个人的表情都像醍醐灌顶。

最后，杨真才听到了一段有新意的话。

“我们的前辈奋斗了几十年，他们消灭了DDT，关闭了氟利昂生产线，他们在巴西抵制了水坝，在德国成功取缔核电。然而，等我们想开香槟时才发现，我们才抵制了一群狼，在世界的东方却出现一只猛虎。现在，你们中国的工业产值已经超过美国，很快要超过美国与日本的总和，最后会超过美日欧的总和。不是半世纪前的美日欧，而是今天的美日欧。不，猛虎都不能和中国工业的规模相比，这完全是一只恐龙！它将占据全球一半的工业份额，每年会吃掉多少能源、多少金属，毁灭多少山林，污染多少海洋？”

中国？他说的是中国吗？他在讲我们国家吗？好多听众反应不过来，他们甚至不知道中国的工业规模已经如此巨大。

“更何况，这只恐龙的躯干是你们的国有企业，是你们的集体主义行为，而不是西方那些私营企业。凭借强大国家机器做后盾，中国会把工业魔爪伸向全世界。你们正在摧毁俄罗斯和巴西的森林，你们正在破坏非洲的湿地，把它们变成经济作物种植园。你们正在改变美国农民的习惯，让他们消耗大量水资源去种中国人喜欢的水果。在澳大利亚各矿区，无数轮式挖掘机为填满中国工厂的需求在运转，啃食大地母亲的身体。你们正在世界的每个角落毁坏环境，用巨轮把资源运回中国。所以，为了地球母亲的明天，我恳请中国志愿者发动一次战役——东方战役，反抗工业压迫的战役。”

即使声音被过滤成不男不女的腔调，那种先知般的语气仍然能传递出来，感染着听众。“这个……我能请教大师一个问题吗？他可以在线交流吗？”黑色男孩跃跃欲试。

“不，在线就等于暴露出他的位置。”于国信断然回绝，“Eastern在几个国家的警方都挂了号，他的信息只能在线下传递。你有什么问题？我可以替他回答。”

“哦……我接受大师的看法。不过，中国有那么多高污染的企业，我们先去和谁斗争？”

“问得好。”于国信站起来，指着墙上挂着的中国地图，“组织里专门有人过滤每家工业公司，考察哪些危害最大、规模最大，或者造成的社会影响最大。很快我们就会有答案。但是我要请问大家，定好目标以后你们会不会站在抗议的第一线？”

“会！”杨真立刻站起来，“为了子孙后代，总要有人起来战斗。”

“我会！”

“我也会！”

“我们都会！”

杨真一带头，气氛立刻被调动起来。看到这些热血青年的行为，杨真稍稍有些不安，自己这么作戏只是任务需要，会不会影响到这些孩子的未来？

“好，很好。不过你们虽然有一腔热血，但是还缺乏反侦查能力。那些公司背靠权力机构，光凭热血不能解决问题。所以至少在今天，我还不能把目标告诉你们。”

拥抱仪式结束后，深海鱼悄悄走过来问杨真：“千秋姐，你说刚才那样会不会违法啊？”

“刚才哪样？”

“录像上那个Eastern，他可是通缉犯啊。”

原来，深海鱼担心自己知情不报，是否会犯窝藏罪。杨真熟悉法律条文，但现在她不能摆这个聪明：“这个……应该没事吧？那是个外国人，不一定在中国也挂了号。”

这段时间杨真即使离开书店，还要在网上继续“卧底”。经常有不明来历的网友过来“粉”她，给她发几条动态，或者聊几句感想，其中很可能就有于国信的同党在试探。所以，“千秋”在网络和现实中的言谈要保持一致。深海鱼、黑色男孩就经常和她在网上聊天。慢慢地，他们把见多识广的“千秋”看成大姐，有事也愿意和她商量。

拿回手机后，杨真找了个没人的地方把它打开，上面仍然是她交出去时的页面。杨真仔细一查，果然有几个程序被翻动过。还好，安防手机只要离开杨真两米远，里面的侦查程序就会自动锁死，变成一部普通智能机的界面。

杨真从上衣纽扣后面取出录音芯片，插到手机里，把偷偷录下的声音传给调查处，由同事们去分析。蔡静茹在美国留学多年，她听了一遍就知道，那是美国南部一些州的地方口音。

“元音都拖得很长，不是弗吉尼亚，就是北卡州人。”

是的，这就是他，美国安全部门早就确认Eastern原籍是南部某州。但是他现在在哪里？美国还是中国？杨真知道，以自己现在的身份，还接触不到这种核心秘密。

她还需要更加努力地表现自己。

◆ ◆ ◆

诱导新人“改造好”自己后，于国信开始带着他们去改造别人。

经过反复筛选，六名新人获准参加第一次行动，他们要去市里的绿色家园小区，声援业主组织的反基站游行。因为没得到公安局许可，这些业主不能上街，只好在小区大院里搞游行，声势有限，需要支援。

“你们的任务就是拍照，在网上大量转发，让他们的声音迅速传播。”直到出发前，于国信才交代本次行动的内容，“但是你们不用参加示威，也不必喊口号。”

原来，一家移动通信公司要在这个小区附近建设基站。当地居民风传电磁辐射会致癌，有人马上串联几十家业主到政府上访，要求改建到别处。没得到满意答复，他们就想把事态扩大。在网上找来找去，就找到“绿色工作坊”这么个外援。

绿色家园保安严密，出入都需要门卡。示威组织者事先和于国信商量好，由他们把“友军”分散着放进来。杨真进了小区，发现示威者已经扯出标语，包围在物业管理处门口。这里是个小广场，周边有日杂店、发廊、茶馆等营业场所。他们几个外来者就地散开，待在这些地方，装成看热闹的闲人，拿着手机不停地拍照、转发。

“保卫绿色家园！”

“不要辐射，拒绝癌症！”

“……”

绿色家园小区附近建有基站。事情闹成这样，只有小区开发商派了个经理，愁眉苦脸地在那里和示威者沟通。

杨真一身学生打扮，用“千秋”的账号发了好几张照片，再配上文字说明。中文专业毕业嘛，遣词造句不仅要有水平，还要煽情。就这样，六个参加行动的人中，杨真不仅发帖最多，获得的点击量也最大。

“不愧中文专业，叙述干净利落，还有文采。”于国信并没有到现场，他在远处用手机检查着大家的作业，看到千秋的表现，不禁发来短信，连连称赞。

阳光就是电磁波，怎么没看你们怕过？扎实的科学知识令杨真本能地反感这些愚蠢行为，但是嘴上还得迎合大家。“无形污染比有形的更可怕，必须让人们知道真相，必须抵制！”

第二次，于国信带他们练习“快闪示威”，目标是一家航空公司。这家航空公司要在新成立的办事处举行挂牌仪式，事先邀请了不少记者。

仪式即将开始，突然从路边闪出一群女孩子，个个短裤低胸，装束统一，嘉宾和观众还以为是主办方请来的表演团体。就这样，女孩们顺利地从保安身边钻过去，突然加速冲向主席台。转眼间她们就站在台上，其中两个人展开大幅标语，剩下的人纷纷向周围观众宣传。

“看看在石油污染中挣扎的海鸟吧，看看发高烧的气温吧。千万不要坐飞机，不要因为自己的便利给地球增加负担！”

保安们反应过来，纷纷上去想把她们拖走。不过女孩儿们穿着暴露，有的保安不敢下手，有的稍一接触，女生们就尖声喊叫。到场的记者看到有新闻事件发生，立刻把长枪短炮都对准了主席台。

杨真仍然躲在人群里拍照、配文、上传到网络。于国信悄悄走到她身边，鼓励道："你看她们多勇敢，你也应该一起冲上去。"

"嗯……我怕照片传出去，妈妈看到会担心。"

于国信不再动员，"千秋"的表现已经超过预期了，一时害羞也可以理解。

类似这种小规模行动，于国信照例都不露面。他给出的理由是自己来自台湾，现身这种场合会让人借题发挥、转移视线。信徒们也不怀疑这个理由，毕竟他是朝台湾地区前领导人扔过粪包的勇士，在那边没少蹲过班房。

第二天晚上，大家刚到齐，于国信就带着抑制不住的兴奋宣布：有个大名人在网上看到他们的行动，非常欣赏，还要光临他们这里亲自表示支持。

"电影明星还是体育明星？谁要来？"深海鱼问道。

"现在保密，一会儿都不许拍照。人家来秘密支持咱们，别给他添麻烦。"

就这样，大家在书店里兴奋地等了两个多小时。"他怕被认出来，所以要等到很晚再过来。"于国信不断地安慰着大家焦虑的心情。直到深夜，终于有三个穿黑西装、戴着墨镜的男人走了进来。名人嘛，当然要隐蔽一下，不过为首那个人的身材、走路的姿势，杨真再熟悉不过，吓得她缩到一个书架的后面。

客人进来，张志雄迅速关上卷帘门。韩津摘下墨镜，顿时引来一片惊呼。是他，原来是他！如果不是于国信和张志雄拦在书架间狭窄的过道上，韩津早就被围住了。

怎么办，别人都在往前凑，如果自己退出去，立刻就会被他注意到。即便杨真平时思路飞快，现在也没了主意，僵在原地，任凭深海鱼从身边挤过去。

韩津热情地向大家打着招呼："抱歉，让大家久等了。我从北京赶过来，我们台里有纪律，参加民间团体的活动要向领导请示，所以……"

他看到了杨真！

真是她吗？韩津又看了第二眼。多少年的亲密相处，多少次赤裸相拥，他怎么会看错？

"理解理解。"于国信把韩津这片刻的发愣解读成了犹豫，连忙大声宣布，"谁也不能拍照，更不能把韩先生到来这件事传到网上。犯规的话，我就开除他志愿者的资格！"

既然被发现，杨真也就不再躲闪，站在不远不近的位置上抱拢双臂，望着韩津。书店本来就没多大，两人之间不会超过十米。这是他们分手后最近的距离。从分手到现在，他们之间唯一的联系，就是逢年过节发发格式化的问候语。她不想知道他的任何事，在电视上看到有他主持的节目，也会立刻换台。

所以今天再遇到韩津，杨真是这里最吃惊的一个人，心都要从嗓子眼里跳出来。

“好的好的，各位理解就好。人在江湖，身不由己啊。”毕竟干了多年主持人，韩津迅速反应过来，掩饰住失态。这里不会有人知道他与杨真的关系，谁都没注意那片刻的空白。

“请您签名可不可以？”黑色男孩尤有期待。

“将来在公开场合见到韩老师，你再请他签名吧。”没等韩津回答，于国信就连连摆手。在他的指挥下，大家排起队，挨个与韩津握手。不能合影，不能签名，这就是和名人接触最大的福利。

轮到杨真伸出自己的手，她想扮演初识的样子，可是表情完全不受控制，只好作罢。韩津握过来的手也是绵软无力。还好，马上那只手又被别人抢过去。大名人在这里，谁会注意杨真的举止。

“韩老师，我们都知道您一直支持环保事业。不是官派的任务，是您发自内心要支持。”于国信搬了把椅子，放到简陋的书店当中请客人入座，“这次您大驾光临，就请您说说自己的看法吧，不是以电视台著名主持人的身份，是代表您自己。”

“好……”

杨真看得出来，韩津开始犹豫要不要在这里待下去。就在这时，他的手机响了起来。韩津拿出来接听，于国信示意大家安静。

韩津和对方聊了几句，是一些迎来送往的事情。收起手机，韩津已经镇定下来。“实在不好意思，你们瞧，又有人找我过去谈事情。但是，于老师的邀请我绝对不会推托。”

说着，韩津把目光转向杨真这边，语气非常坚决：“过几天你们换个大些的场地，还可以多邀几个朋友，我也做好准备，好好和你们分享我的故事。”

第八章　我是文科生

聚会散去，杨真独自走在午夜的街头。为了卧底工作的方便，处里拨出经费，给她在这个城市里租了间房。她可以叫车回去，但是今晚的遭遇太有戏剧性，杨真需要好好消化。他会干什么？我该怎么办？她的脑子里一团乱麻。

一辆车子从后面赶上来，横在她面前。韩津独自一人走下来，助手很职业地待在司机位置上。这里灯光微弱，四处无人，韩津不再戴墨镜。他走到离杨真一步远的地方，两人四目相对。

“李瑾告诉过我，你不是去公安部的什么调研室了吗？”

“是的，现在叫调查处。”

“所以，今天你在执行任务？”

该怎么回答？如果韩津是昨天才从网上知道“绿色工作坊”，和于国信他们应该没有太深的关系。如果当面说破，会对自己的任务造成什么影响？又会对他造成什么影响？

杨真脑子里盘算着，嘴里顺口回了一句：“无可奉告！”

没有回答，便等于什么都回答了。韩津站在那里一动不动。杨真不想、不愿，或者不敢直视他的眼睛。但是能感觉到他的呼吸很急促。

“不，我这是在害怕什么？害怕的不该是他吗？”杨真掉转目光，逼视着韩津。“你为什么跑过来煽风点火？难道我以前没告诉过你，电磁辐射与核辐射根本是两回事？”

想当年，与韩津确立恋爱关系后，杨真经常参加他们组织的环保活动。那群人里只有她是理工科毕业生，自然成了大家的科学顾问。每次去污染厂家抗议，对方请出专家坐镇时，就由杨真准备资料去对付。也正是因为这些原因，她才一点点疏远了这群人。

“好吧，你是警察，我是主持人，就这样。”

说完，韩津扭头钻进了车子，离开了杨真。她待在路边，很久，很久没有挪动脚步。这是什么意思？暗示，威胁，还是求饶？要知道，韩津秘密参加这种边缘团体的聚会，很可能触犯了电视台的规矩。

和一般人猜想的完全不同，像卢红雅、韩津这些资深的媒体人，他们知道的信息越多，越怕言多语失，讲话越谨慎。

韩津确实没有失言，他承诺的演讲就安排在三天后。

于国信将地点改在一处废弃的歌厅。这里场地宽敞，有些灯光设施还没拆除。于国信临时租下一天的使用权，带人赶到这里做了大清扫，又租用了大量塑料椅子。结果到了约定时间，还是发现不够用。上百人挤到大厅，准备聆听韩津的演讲。其中有不少是以前被淘汰的志愿者，杨真和他们一一打过招呼。

“千秋，那天你见过他了吗？他真人帅吗？”

“传说他个子很矮，是不是真的？”

杨真被他们的问题逗笑了：“一会儿你们就能看到他本人，我留点悬念吧。”

晚上十一点，韩津还是穿着那身黑西装进入会场。在于国信反复叮嘱下，听众里面没人过去握手、拍照，所有的手机也都被收缴在一处。这几天韩津做了充分准备，所以气定神闲地站在一张写字台后面。寒暄过后就进入正题。

“你们都知道李瑾是我现在的女朋友。不过，她是我第三任女朋友。”

“哇……”谁都没想到韩津会这样开场，顿时响起一片轻呼。

“呵呵，肯定有人会想，一个大名人，多泡几个妞很正常。不，我说的是真正的女朋友。我爱过她们，发自内心地想和她们生活在一起，也公开过恋爱关系。于先生请我来讲环保，但今天我就想讲讲前两段恋情。当然，你们可能会纳闷，今天来这里又不是要听我讲自己的八卦。但是我讲完后你就会知道，我一点儿也没有跑题。”

韩津开始聊起他和牟芳的恋爱史。两个人都出生在天津市北辰区，家离得很近，同学多年，高中时开始秘密恋爱，还发生过关系。高考后一个进入传媒大学，一个进入北京医学院。然而等他们公开恋爱关系时，已经是大吵三六九、小吵天天有的状态。

“你们都知道，我热爱中国的传统文化。她呢？学了西医。她的母亲就是西医，也算是世家。所以越学得多，我们越无法相处。”

因为不提对方的名字，韩津索性放开来，讲了他与牟芳相处时的很多往事。这些细节杨真都没听过，牟芳也完全不想跟杨真提这个人。

“后来我就在回想，我和她青梅竹马，什么时候中间横上一道深渊？那就是高中文理分班的时候。你们都知道中学的潜规划，成绩不好的才报文科。从那时起，她就居高临下地对待我。她有个口头禅，‘从科学角度应该这样’‘从科学角度应该那样’。她认为她是我的老师，而我学了文科，智商肯定就低一截。”

是的，嫂子到今天还有这个口头禅，也会和哥哥一样公开蔑视文人。只是因为新来的婆婆出身中文专业，他们在家里才不这么讲。即使这样，牟芳也没有改变自己的习惯。她曾经直率地告诉杨真，卢老师确实能理解科学事业，但这样的文人在她的圈子里能有几个？

杨真又望望周围听众，那些骨干成员她都汇报到处里，调查过他们的身份，无一例外出身于文科专业。听到韩津的话，不少人频频点头。

“你可能会纳闷，既然这么不好相处，当初为什么还要在一起？也许只能怪控制不住本能冲动吧。然后就是觉得我是个男人，既然做了，就要负责到底。可是，把两只豪猪放到小盒子里，终究会有处不下去的一天。”

个人境遇总比大道理更吸引人，再加上韩津讲得声情并茂，会场里鸦雀无声。接下来，他又开始讲自己和杨真的恋爱史，同样不提名字。但是杨真却觉得自己像被剥光，裸体示众。也许他就是想要这样的效果？

“她有个偏执的父亲，完全不顾孩子的兴趣爱好，在她很小的时候就天天逼着她观星，长大好去当天文学家。那位伯父张口就是科学道理，就差讲出来‘万般皆下品，唯有科学高’。”

韩津又描述了他心目中的杨真：富于正义感，善解人意，活泼可爱。他甚至喜欢她的身高。“镜头是骗子，电视台总把我拍得很高大。现在你们知道我的实际身高了吧。但是她站在我身边，我就没有这方面的压力。”

杨真就站在观众群里靠前的地方，韩津这次有意不与她目光接触，但是字字句句都往她的心里钻。

“那时候，看着她和我们一起调查污染，举报投诉，上门抗议，我觉得这就是我理想的妻子，这次终于能够白头到老。我还从一个科学狂魔身边把她拯救出来，我积了功德啊。后来才知道我高兴得太早了，对科学的迷信在她的心里就像罂粟的种子，早晚要开花结果。相处长了，从一个个细节出发，她开始指责我没有知识，我理解错误，我不懂科学。第一任女友好像在她身上附了体。”

隔着十几米远，杨真能够看到韩津的眼眶开始湿润。“有过第一次的教训，我就想尽可能容忍她。既然两情相悦，谁都没有起外心，为什么要为这些身外之事分开？但是后来我才发现，这不是身外事。她同样迷信科学，只不过她的专业是心理学，比第一任懂得尊重人。但是科学至上在她的心里早就扎下了根。一对三观不合的恋人，根本不应该在一起。”

韩津抬起手，抹掉眼角的泪水。一个三十多岁的男人当众哭泣，这比什么都有感染力。“说了这么多，我只是想让你们知道，我走到今天，要忍受多少人的误解，甚至绝情。幸好我现在有李瑾，有志同道合的战友。”

黑色男孩情不自禁鼓起掌来，接着便是满场掌声，杨真也不得不跟着拍起巴掌。

“谢谢大家，谢谢你们的理解。我住过数不清的星级酒店，参加过数不清的豪华会议，但都不如在这里见到你们更高兴。我佩服诸位所展示的勇气，你们是人类的希望。今天我把这些遭遇分享出来，是想提醒在座的每一位，你已经做了艰难的选择。你的父母会误解你，你的恋人会抛弃你。你的同学、邻居会把你当成疯子。如果真有那一天，你坚持不下去了，可以想想我的遭遇。也许，这能给你带来一点儿鼓励。

“工业革命给人类带来了极大的灾难。虽然能增加我们人的寿命，但是却破坏了社会稳定，让生活空虚无味，剥夺了人类的尊严，导致了心理疾病扩散；并且严重地破坏了自然界……”

一直到凌晨，杨真还躺在床上听录音。手机在会场被没收并不要紧，她身上还有其他的侦查设备。

“技术如果还要发展，上述情况必然进一步恶化，人类尊严必将遭到进一步剥夺，自然界也必然被进一步破坏。最终，这一切都会反弹给人类，让我们的社会面临崩溃。”

大老远跑到这里，韩津自然不会只讲自己的恋爱史。演讲后半段他又回到了主题。这些话他不会在公开活动中讲出来，但是杨真并不意外，她听他讲了很多年。

“科学家和工业界形成利益共同体，统治世界已经有两个世纪。它们装着为人类服务，其实完全不是。人类被迫依赖它们，不断修改自己的行为。我们今天都不再是自然的孩子，我们出生在医院产房，行走在硬化地面上，靠供电供水系统生活。这个共同体就是这样让我们失去自由，一步步变成奴隶。他们当然有自己的方向，他们不断迈向那里，直到人类其他成员都成为附属品。直到有一天，我们连关闭机器的能力都没有，那我们就彻底完蛋了。”

杨真可以报告卧底工作中任何所闻所见，也可以不报告。要不要把韩津这次演讲写在报告里？社会名人私下里给这种团体提供支持，会引发何种不良后果？

不，韩津毕竟没有犯罪。作为公民个人，他有权参加这种集会，有权以个人身份讲话。但是，就任由他这样下去吗？那些年轻人涉世不深，缺乏足够的判断力，极有可能会被引入更深的迷途。

“最后，回到你们这次的抗议中来。有人会说，你们支持绿色家园的业主，只是因为不懂科学知识，也许他们会派出相关专家对你们进行科普。不，这根本不是重点。他们践踏小区业主的知情权，这才是关键。所谓专家，不过是房地产商的狗腿子。将来有一天，他们会被钉在历史的耻辱柱上！”

不管韩津如何声明，做为社会名人，他这样的表态立刻让现场陷入沸腾当中。

杨真索性关上安保手机，抱着头，望着黑暗的天花板。那里就像投影仪，往事一件件映在上面。她生病时，韩津会陪在床边。两个人来到杨真的家，他会恭恭敬敬地对待妈妈，一点儿也没有名人架子。如果没有这些矛盾，韩津的确是不可多得的暖男。

算了，如果没有明确的恶果，就别节外生枝了。既然刚才他放过了我，没有揭穿我的身份，我也放他一马!

接下来，杨真还是按照往日的节奏去于国信的书店里活动。大家对她的态度一如既往。显然，韩津什么也没对他们说，也没再和这群人见面。大名人都是大忙人，大家也没在意这件事。

除了Eastern这种神龙不见首尾的领袖人物，也经常有外国同道来到工作坊传经送宝。这天，于国信就请了一个德国小伙子介绍经验。“提起德国，你们能联想到什么？”名叫欧内斯特的德国人向大家发问。

奔驰、宝马、精密机床、严谨的工作风格，还有……

“下水道！”黑色男孩的答案压倒了其他声音。

“下水道是什么？”欧内斯特没听明白。黑色男孩向他讲了“青岛良心下水道”的故事。德国小伙子耸耸肩，表示他没听说过这类事。如果有的话，应该和刚才提到的那些差不多。

“在你们眼中，我们德国就是高端工业国，对不对？”

这个结论当然没人反对，于是欧内斯特拿出几枚硬币让大家传看。硬币上刻着一个农村妇女，正在种植橡树苗。

“这是从前德国的货币，五十芬尼面值。你们瞧，没有工厂，没有汽车，只有森林，这才是我们日耳曼人的根。我们从黑森林中走出来，是从小听《格林童话》长大的民族。我们的文学充满了风声、林涛和鸟鸣。我们在林间漫步时才有真正的自由。所以到了十九世纪，工业浪潮席卷过来以后，前辈为了保护德意志民族的根，发起浪漫主义运动，为我们的传统文化奋力抗争。”

邀请欧内斯特讲课，是因为在本国生态运动的强大压力下，德国政府决定放弃核电站，在生态主义者的圈子里被视为抗争成功的榜样。欧内斯特常年参加反核运动，经常被警察关上十天半个月，堪称老手，于国信这才邀请他给稚嫩的中国同道传授经验。

“不，我们不是生产奔驰、宝马的民族，那只有一百年的历史。我们是黑森林的孩子，民族文化传统激励我们拉起几十公里的人链去反核。不要科学！不要工业！不要核电！这就是我们的信念。你们中国传统文化的历史更长，如果中国能出现反核运动，肯定会更壮观。希望你们能跟上这个绿色的时代。”

出现在这里的也不都是年轻人，来自日本的长谷川公一就有四十出头，是个外表稳重的学者。只是一开口讲话，也和年轻人一样充满激情。

“在日本，核电站、科学家和政府官员组成一个利益集团，我们日本人称它为‘原子村’。他们私相授受，完全不顾日本人民的福祉，福岛就是他们闯的祸。不仅在日本，韩国也有‘核黑手党’，美国也有‘原子圈’。这种体制你们这里有没有？我想肯定有，很可能规模更大。你们的核电正在飞速扩容，背后的利益集团肯定是从一个很小的圈子里暴涨出来的。上下级、老师和学生、电站和配套厂，肯定会组成严密的利益集团。发生在日本的事，乘以几倍后也会发生在你们这里。”

“绿色工作坊”是个虚拟的网络组织，现实中并非只有这一处聚会点，在多座城市里都有分号。有的是书店，有的是大学社团，有的是某个志愿者的家。同城志愿者在那里聚会，也在那里形成组织。不时也有外地志愿者组团来到“绿色工作坊”这个总部，分享他们的经验。这天，从南方的海东市来了一男一女两个年轻人，他们都参加过当地居民抗议核电站的活动。男青年网名雕风镂月，他给大家讲了与实验堆管理层沟通的结果。

“他们撒了谎，口口声声说是什么新一代核技术，全球最安全。我们查过资料，他们是想把全国的核废料都拉过来在里面处理。这样一搞，我们海东市就会成为核坟墓。”

女青年暮色芳华因为拥有网红作家身份，更引人注目。“不少人问我，为什么一个网红作家突然对核问题这么感兴趣？因为我觉得作为一个公众人物，我有这个责任。很明显，核电非黑即白，原子能从诞生以来杀害了那么多人，天生就是魔鬼，完全不可能洗白。所以我认为自己有义务来做这个驱魔人。”

不断倾听中外志愿者前来交流，杨真对于“东方战役”第一仗会在哪里，已经猜到了大致方向。离开书店，她拨通韩悦宾的手机：“你还在海东实验堆吗？”

“在这里做安防，最近一个月都不走。”

“太好了，他们第一个目标可能就是那里！”

“人类要懂得知足感恩。阳光、空气和水已经足够我们幸福享用，看不见的污染比看得见的污染更可怕，远离核污染，恢复原生态！”

这次，杨真面前站着的不再是热血青年，而是海东市当地一个老画家。他正在市中心的画廊里卖自己的书画作品，为抗议活动募捐。

这是座海滨小城，素来宁静，被选为行波实验堆建设地址后，当地一些人就在网络上串联抗议。风潮逐渐在虚拟世界扩散，至今已经有两年，时停时起。如今外地人一看到“海东市”这个名字，就会想到“核电抗议运动”。还好，直到安全壳完工前，在当地政府控制下，海东市的抗议者都还没有成规模地走上街头。

不过，骤雨来临的日子不远了。

果然，组织大家参加几次小型抗议活动之后，于国信开始征集志愿者，去海东参加核电抗议活动。事到临头，年轻人开始犹豫起来：这样会不会犯法坐牢？被学校开除怎么办？以后找工作会不会受影响？于是，这个推托课程紧张，那个担心家长受刺激，更有人说海东市在南方，路途遥远。

最后，只有杨真与黑色男孩报名参加，他们跟着于国信来到海东。一路上，于国信不忘给仅剩的两个人打气。“他们怕在警察那里留下前科？其实这样更好，环保是一场战斗，需要勇士，不需要键盘侠！”

三个人以游客身份住进当地一家快捷酒店。还有一些从其他地方赶来声援的志愿者，也都住在这里。白天，大家就在路边小摊上吃饭。晚上，他们会聚到附近一间群租房里，由当地人给外地人介绍情况。

雕风镂月先为各地志愿者做互相介绍，这是阿莲、这是高不帅、这是千秋……他居然能记住现场每个人的网名，不做警察可惜了。杨真在心里感叹着。

“我代表五十万海东人民感谢各位。这不单是我们的劫难，每个沿海城市都有可能成为海东。”雕风镂月身材高大，谈吐也不像他的实际年龄。

暮色芳华拉着杨真的手，又把几个女孩子拉到自己身边，对她们说：“遇到警察拦路，女生要冲在最前面，男生在后面负责录像。”

“那我们男生不是很没面子？”黑色男孩质疑道。

“警察不敢对老人、女人和孩子动手，抗议时要这三类人打头阵。”雕风镂月看样子也就二十出头，显然已经是运动老手，“但是不管他们动不动手，我们必须弄出大动静，该掀桌子掀桌子，该砸警车砸警车。不把动静搞大，他们就会大事化小，小事化了。”

看着身边这些年轻的面孔，杨真一时不知道自己该如何表演。如果继续装下去，肯定会造成激励效果。这些年轻人头脑一热，到时候会毁掉自己的前程。想到这里，杨真不再空喊口号，转而去问示威的细节，从哪条路开始，什么时间，人员如何运输，遇事如何撤离，不同小组之间如何联系。人关起来怎么办？她希望通过厘清细节，让更多的人知难而退。

最后，杨真看似不经意地问了一句：“有几万人？搞这么大规模，这可要花不少钱啊，大家都没什么收入，能撑得住吗？”

“你放心，经费有人包了，我们只管出人！”暮色芳华安慰着大家，“尤其外地来声援的朋友，你们的吃住行都由我们负责！”

在一片纷乱中，杨真找了个没人的地方，直接向李汉云做汇报。后者也把国际合作调查的结果通报给她：“欧美有个绿色极端组织，名叫‘地球解放军’，他们正把大量资金从当地银行取出来。国安方面怀疑他们以小额现金的方式带入国内，正在追查这些资金的去向。”

“您怀疑经费来自境外？”

“杨真，这不是一次普通群体事件。种种迹象表明，西方国家有人想搞一个现代版的祸水东引，国际上滋生的极端生态组织给本国工业发展制造了强大阻力，那些国家制服不了他们，就想把他们挤压到中国，给我们也添点麻烦。我们得沿这条线追下去，找到境外的黑手。”

“明白！”

不过，这种背景倒让杨真想到一个人：“斯威基跑到咱们这来，难道也是出于这个目的？”

“那倒不是。他和他的一些同事反感这种隐性政策，所以才主动给我们提供极端生态组织的材料。你遇到的那些外国人，欧内斯特、长谷川公一等，在他们本国都有前科。我们已经在严密监视。所以，这次还要感谢他。”

核电站不能建在离大中型城市五十公里范围内，海东只是一座沿海县级市，城区最近几年飞速扩容，但也不到三十平方公里。一个小地方，有点火星就会全城皆知。实验堆开建几年来，核电专家与当地政府反复与群众沟通，说明它的安全性。然而风潮总是平静一段时间后又被什么火星子点燃，今天是拆迁补偿没到位，明天是核电集团曝出腐败案，后天又是德国关了核电站，中国为什么不关？

这次，抗议者发现了绝佳的理由——核废料！原来实验堆里面用的都是核废料，海东岂不成了天下最可怕的垃圾场？

连日来，城里茶馆、舞厅、网吧等公共场所都成了小型聚会地点。商人、文人、工人、农民、学生，各个阶层的居民聚集起来，对实验堆口诛笔伐。不少复印打字店还贴出告示，只要是印刷反核标语，就一律免费。

杨真和外来户的任务就是把当地人制作的标语收藏起来，准备在示威中使用。

“海东和别处都不要核电！”

“不让海东成为下一个福岛！”

“要孩子不要核子！”

“我是人，所以我反核！”

“……”

各种标语源源不断地送到出租屋来，最大的有十米长。杨真不知道这标语是要在大街上拉开来，还是要悬挂在楼顶上。

“本地公安把精力都用来盯本地人，注意不到咱们。”于国信运筹帷幄，活脱脱一个地下总指挥，“所以，到时候会派你们去发挥最关键的作用。”

不断有外地声援者到场，于国信给他们分了组。谁在一队，谁在二队，还一一指定了负责人。“大家一定管住自己的手，行动开始前不能在网上透露一个字。什么电子邮件、微信，统统不能用，一切信息都在线下传递。”于国信千叮咛万嘱咐。

“我们这队到时候去哪里？”杨真问道。

“行动那天上午再告诉大家。”

晚饭后，杨真找个没人的地方，拨通韩悦宾的手机。“他们可能让我去最激烈的地方挑事。到那天，你盯住我这个手机信号。”

“如果防暴警察遇到你怎么办？”

“把我抓起来！”

行动时刻到了！

按照计划，外来声援者很早便起床离开酒店，分散开来，到街头吃早餐，借以摆脱便衣，然后迅速到小巷里一家烟酒店集合。按照要求，女生必须穿平底鞋，以方便剧烈跑动。雕风镂月和两个当地人已经等在那里，他们带来一些渔民的衣服，让杨真他们换上。

“每天早上都有赶海的船回来，批发商会到港口从他们那里进货。你们化装成这样，不会引起怀疑。”

一行人换好装束，坐上两辆四面漏风的海鲜货车，离开海东城区，朝着实验堆方向驶去。这是当地车辆，都在警方那里申请了通行许可，能够驶过电厂前面的道路。

于国信照例不露面，从昨晚就玩起了消失。车子出了城区，雕风镂月才宣布他们这队的任务。他拿出一个双肩背包，让黑色男孩背在身后。

“千秋、菩提、黑色男孩，你们三个人跟我一组。车子冲入厂区后，咱们要百米冲刺，从维修通道爬上安全壳，把标语在那里展开。”

“遇到警察怎么办？”黑色男孩一听，像是要上战场，兴奋起来。

“剩下所有人把警察缠住，掩护我们四个。”

“这个……警察会很多吧？”菩提是个女孩子，担心地问。

“当地人正在包围市内相关行政机构，调虎离山，警察都跑到那边去了。”

“这标语写的什么？”杨真拍拍黑色男孩接过的双肩包，问道。

“今天是海东，明天就是你的家乡！”雕风镂月一字一顿地回答，这是他发明的口号，比电视上软绵绵的广告词震撼得多，“标语打开后，剩下的人只要没被警察按住，立刻用手机拍照，发到网上！”

这天是周末，刚过早上八点，暮色芳华就带着几百名当地群众走向市政府大楼，沿途高喊口号，让书记和市长出来对话。没想到离目标还有几百米，大队警察已经举好盾牌，等在那里。

“海东警察要为海东人说话！”几个当地积极分子冲出队伍，朝着防暴警察大喊着。等他们走近封锁线，才发现对面不是他们熟悉的当地警察。原来省防暴队早就接到通知，连夜在几公里外待命。一发现街头有人群聚集，立刻开过来封锁道路。周围市县的警察也早就得到消息，乘车赶过来支援。一时间，警察人数超过了示威者。

“大家拍照，快发到网上。”暮色芳华从口袋里拿出她的武器，然而附近城区已经断网，两架直升机飞到他们上空，劝说闹事人群离开街头，回到家里。

“冲上去！”暮色芳华无计可施，带着几个女生朝防暴队伍冲过去。警察让开一道缝隙，一辆防暴水炮车缓缓驶来，朝她们喷出高压水柱。两辆、三辆，总共四辆水炮车分头朝向各个路口，阻挡着人群。布障车跟在后面，在街头设置铁丝网和安全围栏。

海东在五年前还是座县城，当地人哪见过这么高级的防暴设备。警方严阵以待的架势，更震慑了不少人。

几公里外，两辆运鱼货车七拐八绕，迂回着逼近实验堆。他们事先侦察过现场，寻找到最短路径。突然间，车子驶下大路，冲过一片荒草地，撞向反应堆围墙上一个通向储物仓库的小门。那里只有几个保安，是防卫最薄弱的地方。不过小门看似简陋，其实很结实。车子第一下没撞开，只好退后让另一辆车来撞，两辆车反复撞了几次才把它撞倒。

电站里面的人因此有了足够的反应时间。十几名警察冲到现场，志愿者跳下车，涌向他们，彼此缠斗在一起。雕风镂月和菩提没跑出几步，已经被警察按倒地上，只有杨真跟在黑色男孩后面跑向安全壳，这是到那里的最短路径。一边跑，杨真一边在心里嘀咕。韩悦宾搞的那些东西到底行不行？如果不行，她只能在最后关头暴露自己的身份，把黑色男孩挡在安全壳外！

九十米、八十米，还有七十米远，两个人已经跑到一片空地上，后面跟着一群徒手的警察。突然，一辆黑色新明锐轿车斜刺里驶过来，玩了一个漂移，横在两人面前。等他们速度稍缓，两张捕捉网已经从车顶上弹了出来，分别把他们罩在下面。

第九章　境外黑手

海东市行政拘留所。

一名女警把杨真带到后院办公室，转身离开。韩悦宾已经等在那里。看到穿着号服的杨真，韩悦宾“扑哧”笑出声来：“太酷啦，绝对是我党地下工作者形象。”

“再笑？回去看我怎么收拾你。”

开过玩笑后，韩悦宾给杨真讲了部里的安排。这次一定要将群体事件迅速压制住，让幕后组织者绝望，逼他们自己跳出来。“只要舆论口上风平浪静，视而不见。发现小打小闹不管用，‘东方’或者他的骨干就会现身。不好意思，还得让你多吃几天牢饭，给你在他们那里添个信任分。”

“完成任务后，你得请我吃大餐！”

回到海东实验堆，一个助手告诉韩悦宾，有个人想找这里的“安保负责人”，可以提供这次运动的幕后人线索，问他见不见。

“他叫刘楚强，自称调查记者。”

韩悦宾知道什么是“调查记者”，他们是高级狗仔队，混迹于黑白两道之间，探听政商各界内幕。虽然游走于法律边缘，但他们手里确实有料。

“我见……”韩悦宾突然想起了什么，“他是说要见厂里的安保负责人？”

助手点了点头。高科技犯罪调查处接手前，核工业机构在这里派驻有安保人员。现在事态紧急，他们临时接受韩悦宾指挥，但这件事外人并不知道。

于是，韩悦宾换上便衣，找了间会议室接见对方。来的是个南方人，湖北口音，说话前总是要掂量半天。“这次群体事件背后有人，我已经知道是谁。但是，你们是否能给我奖励？”

当初刘楚强调查到李文涛的密室，引来团伙进攻，被绑架的韩悦宾才得以脱险。两个人的生活轨迹曾经有过交集，只是他们彼此都不知道。

韩悦宾从李汉云那里得到指示，一定要挖出这次群体事件的赞助人，但是没说他要为此支付什么成本。“这是国有企业，我们欢迎你提供线索，保护国家财产不受损失，但我们不可能出这笔钱。”

“那就对不起了，我也不是来尽义务的。”

韩悦宾对此倒是能理解。这些人自费搞调查，也没有制度保护，出了事轻则被打残，重则遭灭口。既然刀头舔血，要的风险费就不是小数目，但他确实没有付费的权限。于是他只好去找欧阳敏。两人已解开了最初的误会，现在彼此更加信任。

“他要多少？”欧阳敏问道。

“十万。”

“我掏腰包！”

作为百亿项目的总工程师，欧阳敏每年奖金多达百万，韩悦宾知道他出得起这笔钱。“可这是公事，怎么轮到你私人掏腰包？”

“你不知道，在我心目中，这个堆就是我的事。为了能让它开动，我做什么都行。”

看到手机上提示的转账信息，刘楚强才开了口。原来，本市首富，腾海房地产集团董事长陈凯先就是赞助人。他在十年前买下一块地，现在已经开发过半。但是后来在楼盘附近出现了实验堆，人们都不敢购买。陈凯先就想通过发起群体运动，把事情搞大，把实验堆挤走。

“他说过，只要引起国际关注，政府就不得不停手。这是原话的录音。”

这次一定要来个下马威！作为上边派来的负责此事的骨干，韩悦宾做事不必请示当地公安局。他专等陈凯先参加市级先进工作者会议时，带着几辆警车来到现场，特警们一拥而上，当着一群企业家的面把陈凯先押了出去，直接送到拘留所，开始提审。韩悦宾威严地坐在对面。

“陈董事长，听说你当年做木匠活起家？”

“这个……三十多年前的事了。”一听对方口音，再看那种居高临下的气势，陈凯先就倒吸了口冷气。这不是海东市的警察，甚至不是本省的警察。

“好日子过够了，想再回去做木匠？”韩悦宾身边就是摄像头，但他毫无顾虑，或者说不需要顾虑。

“你们……你们有什么理由抓我？”陈凯先鼓起勇气反驳。他不光是海东首富，还给市里提供着十分之一的财政收入，而且市里有些干部也很同情他。上面凭空压下来一座核电站，导致该地区地价一直在下跌，这也造成了当地一些干部心怀抵触情绪，对反核事件睁一眼闭一眼的情况，进而导致事件不断扩大。

韩悦宾走到陈凯先面前，掏出自己的手机递过去：“想不想打个电话？打给你们书记、市长，或者其他什么干部？我倒要看看谁敢保你！”说着，韩悦宾猛地一拍桌子，“实验堆你也敢动？你知道那是什么？那不是普通核电站，那是未来中国工业的心脏！行波堆实验一旦成功，中国工业就能彻底解决能源问题，在全球领先一个世纪。事关国运，别说你，就算国内那些地产大佬在这里有项目，他们都不敢动半个指头！”

“我、我、我……你……”

“少废话，老实交代吧！”

……

十天后，杨真走出拘留所，一群当地市民，还有先放出来的志愿者等在那里，迎接他们的英雄。于国信张开双臂，想拥抱杨真，走到眼前又收了回去，改成握手。

杨真没去握他的手，当众给了他一个紧紧的拥抱。

“祝贺你，以后在圈子里，你就有了资本。”于国信在台湾没少坐牢，深得精髓。

然而，志愿者们回到酒店后，情绪都很低沉。示威开始后，原定要来支援的不少社会名流都没到场。大部分人或者被警告，或者被拦在外地，只有几个网络大V到场，也都发不出消息。精心组织的运动，就像一枚掉到水里的爆竹。

黑色男孩在拘留所里和陈凯先同室，连当地这么大牌的商人都被关进来，每天坐在那里老老实实地背诵监规，可见上面的决心有多大。

“我看，他们要死保这个核电站。再闹下去，也许要出人命了。”

“不流血，社会怎么能有改变？”于国信还在给他们打气，“我们在台湾抵制核电，就是死过人的。”

“啊，真死过人？死了什么人？”一个志愿者惊问。

“死了个警察……”

话一出口，于国信才发觉有点违背主题，又补充了一句：“当然，示威民众也有人被判无期。在反核运动里，德国战友、法国战友、日本战友，他们都流过血。”

“对，为建成无核世界，坐牢流血我们都不要怕！”杨真不再顾虑表演的副作用。经过前面的冲突后还敢留下来的人，都已经难以回头。

“革命形势”并没有发展，外地来的志愿者都是年轻人，大部分还在上学。父母一听孩子被抓，担心落下前科，纷纷跑过来捞人。那些执拗者被家长一威胁断粮，也都屈服了。本市各单位和街道办事处的干部纷纷出面安抚当地群众，于是大多当地人也都消停下来。

黑色男孩回家之前，找到杨真痛哭一场。他刚读大二，学校里虽然有班级的设置，但是同学间并不像中小学那样关系密切。同班同学平时不在一起，上课就像看电影一样，串到各个教室里听讲，根本没有归属感。

“只有晚上到‘绿色工作坊’，我才有家的感觉，才找到人生意义。可惜……”

送走这批志愿者，于国信也变得消沉起来。这一拨选拔培训的结果，只剩下杨真一个人。为了躲开警察监视，他们搬到附近一个城市，住在酒店里。

“唉，要论环保素质，大陆还是没有台湾高。我看在网络上，你们关注更多的是贫富差距，但生态危机才是全人类的灾难，才是真正值得关注的。”

“那我们怎么办？过段时间再搞？”杨真还在装傻充愣，“说不定国外出了一起核事故，我们就有……”

“不，这次我们要自己搞一起核事故！”于国信的表现再也不像一个文青，他按住杨真的肩膀，盯着她的眼睛，“千秋，如果要为此坐几年牢，你有思想准备吗？”

“不是刚坐过吗？没什么了不起。只要是为了保护地球母亲，我什么都能干。”

“挨一颗橡皮子弹呢？”

“值得。只要能让人们生活得更好。”

“好！我们去炸掉这座核魔鬼！”

群体事件被控制在海东市区，实验堆继续最后的调试，一切都不受影响，看来还算顺利，可是欧阳敏却大受刺激。他到过现场，看过满街的标语，把核电人说成是魔鬼，简直不算人类，这让他无法释怀。

“应该再开一次沟通会，一定要向公众讲清楚。”

周厂长反对他的意见，事情已经平息，就别再起波澜：“你是划时代的核电专家，可你从小接触的都是专家学者。他们是什么人？作家、记者、独立制片人、前卫艺术家、视频主播、自媒体人，还有一批抗议专业户，哪里有事他们就去哪里。你不懂他们的思维方式，和他们对话会吃亏的。”

“他们都受过教育，总可以讲理的嘛。”

争来争去，周厂长只好批准欧阳敏以总工程师身份主持第二次沟通会。事先，欧阳敏做了充分的准备，或者自认为做了充分的准备。对于行波堆的原理，欧阳敏反复斟酌词语，想让这些文化人也能听明白。毕竟，他们在社会上的影响力更大。

沟通会一开始，欧阳敏再次变身科普专家，配合3D动画，给大家讲起课来。

“这次事件里公众质疑的焦点，是我们要使用其他核电站的核废料。其实核废料这个概念容易引起误解，准确地讲应该叫‘乏燃料’，是旧式反应堆中利用不充分的核燃料。以前铁路上跑蒸汽火车，功效低，煤块烧不透。铁路两边的孩子就去捡煤核儿，拿回家当成免费燃料。

“煤块还好，大部分在蒸汽机里被烧过。但是所谓‘乏燃料’，它们被以前的反应堆利用了多少呢？最多百分之三！如果把它比喻成一块煤，相当于只烧了表面薄薄的一层，煤还是黑黑的就给扔掉了，还得建处置库来封存它们。咱们国家地盘大，空地多，还好说。小国小地区就得把处置库建在国外。反过来，我们这个行波堆的燃料利用率能达到多少呢？初步目标是百分之四十五，将来争取达到百分之六十。也就是旧堆的二十倍以上！

“在座各位的出发点就是保护环境。人类从1954年开始建造核电站，到今天积累有几万吨乏燃料。如果有了行波堆，这些全部都可以回炉使用，半个世纪内人类不用开采新的铀矿。你们不是讨厌雾霾吗？你们不是抗议水电站会破坏生态吗？如今核电在全国总发电量中连两个百分点都占不到，而我们的目标是最终超过一半，到了那天，你们关心的那些问题不就迎刃而解了？”

独角戏唱完，进入沟通阶段。欧阳敏没想到，不管他讲得多么详细、通俗，还是立刻陷入一片质疑的声浪中。

“一提新技术，你们总是讲好的方面，坏的方面怎么不讲？核电事故怎么不提？”

“我知道，切尔诺贝利和福岛给你们留下太大的阴影，可那是第二代反应堆。而且，全球总共四百多座二代核电站，即使加上二十世纪七十年代美国三里岛事故，也只发生过三起，不到百分之一。现在我国兴建第三代反应堆，事故发生率比第二代已经下降了很多。我们这种行波堆，因为它的燃烧机理有内在的安全性，事故发生率又下降三分之二。整整二百万分之一的事故发生率！比全世界飞机失事率还要低得多！”

“不管多少万分之一，那就是有危险喽？你敢拍着胸脯保证事故率为零吗？”

如果这是一次学术会议，这些质疑简直就是强词夺理。不不不，他们不是学者。欧阳敏压住火气，耐心地给大家解释。

“核电事故真没有那么可怕。全世界因核电事故死亡的人，有据可查的只有五十多名。每年全球都有火电厂锅炉爆炸，发生一起经常就有十几人死亡，但是没人关注这种新闻。因为这是旧技术，大家熟视无睹。中国每年有十亿吨煤用于发电，为了采这些煤，因矿难死亡的矿工就有几百人。请大家注意，不是一共几百人，是每年几百人！为什么你们不关心他们的生命，为什么你们一定要纠缠半个世纪全球只死亡五十多人的核电？要知道，每建成一座行波堆，就减少一些煤矿，就能挽回一些生命。”

“可是，即使不死人，核辐射不是同样可怕？把核电站建在这里，就是把病魔带给海东人民。”

这次欧阳敏拍起了胸脯：“我十八岁就进核岛实习，到现在二十年，记不清到过多少座反应堆。我还去过甘肃北山的处置库，和乏燃料打交道。你们看我有没有问题？我还有个五岁男孩，他和大家一样，并没有多长一根手指头。”

这么详细的数据，大部分人都不知道该从哪里反驳。一个网络主播站了起来：“但是，你们为什么一定要搞核电？不是已经有很多绿色发电方式吗？”

“因为它能给人民带来最便宜的电。核电成本只有火电的一半，风电的十分之一！咱们这个实验堆……”

“别用‘咱们’这个词！”辩论对手抓住欧阳敏的语病，“这是你们的核电站，不是海东人民的！”

“好好……就说这个实验堆，如果用风电代替它，需要建五千二百五十六台风机，使用八百三十五万吨钢材，相当于大型钢铁联合企业一年的产量。这要消耗多少铁矿石、多少煤炭，又会产生多少雾霾？你们不是都关心环境吗？核电才是对环境最友善的发电方式。”

“你说的都是理论上的安全性，咱们国家什么国情你难道不懂？有法不依，有规不循，到处都在偷工减料。就是设计再好的核电站，我怎么知道它会按照设计去建造？”

怒火在欧阳敏心里升腾，他实在压不住了：“你用理论上的可能性来反驳我的真凭实据？那我也可以套用你的思路。比如，你是个中国男性，而中国男人里面肯定有强奸犯，那么你这辈子就有犯强奸罪的可能了？为了不发生这种事，现在警察就必须逮捕你，关上一辈子，避免你去强奸妇女。我这个推论你接受吗？”

欧阳敏的反驳已经有了火药味。一旁，雕风镂月站了起来：“不管你们搬出什么科学理论，将来发生事故，受害的都是我们海东人……”

“怎么又是你！”欧阳敏认出他来，劈头打断对方的话，“你今年也就二十出头吧？不用上学也不用上班吗？如果你把街头抗议的时间拿来学点科学知识，恐怕早就能在核电厂里上班了。”

“上班有什么用？核电有什么用？工业有什么用？”雕风镂月显然深得运动精髓，“人类几千几万年都没有工业，不用朝九晚五去上班，不也生存下来了？”

“建议你去了解一下人类发展史，搞不懂数理化不要紧，投身在这种无意义的运动里刷存在感就是浪费生命了！”

离开正题，陷入互相谩骂，欧阳敏和这些资深网民相比什么优势都没有。雕风镂月冷笑一声：“你懂点儿科学就了不起了，是吧？现在科学家哪个不搞权钱交易，哪个不出卖良心，你以为我们不知道？”

“对，什么狗屁专家，都是烧砖的砖家！”

“……”

果然，沟通会迅速滑向街头吵架，欧阳敏完全落入下风。周厂长虽然没露面，也在办公室里通过监控了解现场情况。看到欧阳敏无法应付，只好让工作人员去把他劝出来。

“我不知道问题出在哪里。”欧阳敏垂头丧气地坐在周厂长面前，“我反驳了一，他们就抬出二；我反驳了二，他们就抬出三。总之就是不要核电。他们到底要什么？”

周厂长政工出身，虽然不懂核技术，但是更懂得人性：“这不是知识能够解决的，他们从心里讨厌核电，讨厌工业技术。这就好比爱上一个人，无论别人举出他什么缺点，你还是爱他。恨一个人，不管举出他什么优点，还是从心里讨厌他。”

“可是，核电怎么伤害他们了？科学技术怎么得罪他们了？”

“社会大环境造成的问题，不是哪个人能够扭转的。”周厂长叹了一声，这个书呆子，还以为在参加论文答辩会，谁会在乎辩论规则？都在比谁的声音大，比谁的文字漂亮中听。还是先把他弄出这个旋涡吧。

“马上就要启堆实验，你到总公司去核对几个技术要点吧。”

◆ ◆ ◆

很快，于国信身边出现了几个老练的人，不再是外围的热血青年。两个三十岁的当地人开车，带着他们去附近的县乡寻找农资站，由杨真出面，小批量地购买硝酸铵。这里十公斤，那里五公斤，理由是种植大棚蔬菜需要化肥。每买到一袋，其中一个人就换辆车子，运到海东附近某个秘密据点。

杨真一直在外面采买，并不知道那个据点的位置。利用上厕所的时间，她向调查处报了信，也接到了新指示。返回途中，杨真坐在副驾驶的位置上，突然一捂肚子，弯下腰，脸色煞白。

“怎么，是不是吃坏了肚子？”于国信关切地问。

“不……女人的病……不好意思……”

看着杨真惨白的脸，于国信内心升起一阵怜爱之情：

“需要什么药？我去……”

“这是子宫肌瘤，犯过几次了，得去一家大医院……有妇科的医院。”

同行的都是大男人，哪搞得清这个问题，只好把杨真送到最近的一家县级医院，守在妇科病房外面。杨真转到手术室，韩悦宾穿着医生的白大褂站在里面，手里拿着一把注射枪。杨真脱去右边的袖子，抬起右臂，韩悦宾在她的腋下做了消毒，将微型芯片射了进去。

“它靠你的身体运动充电。只要你活着，它就一直能运作。”

“听说实验堆马上要开机，能不能延后？”杨真很担心，“现在还没找到他们的犯罪证据，最多是违规买了几袋化肥，不能抓他们。”

“启堆程序已经进入倒计时，延后成本太高。你我多配合吧，找到他们的窝点，保障实验顺利进行。”

过了一会，杨真走出妇科病房，脸色好了很多。她朝着于国信笑了笑：“放心吧，医生打了镇痛药，能顶上几天。”

“你长了什么瘤？是良性的吧？”虽然知道“千秋”

的性取向，于国信在心里对她还是充满怜爱。看到他这副表情，杨真都有一丝不忍。

算了吧，该骗还是要骗。“是良性肿瘤，唉，本来是大妈大婶才得的病，现在环境质量那么差，我这个年纪也中标了。”杨真紧咬牙关，不知道是气愤，还是在忍受痛苦，“不好意思，女人的事情很麻烦。不过，我就是得病后才开始热心环保的。以前我也和别的女孩一样，都是剁手党。”

欧阳敏回到北京的总公司，处理启堆实验前最后一些技术事项，没想到龙剑又带人找到了他。这次，总公司也无人阻拦。到京之前，还在实验堆的韩悦宾更没有半句口风。他还不知道，因为这段时间与韩悦宾合作得不错，龙剑不再去海东讯问欧阳敏，专门等他回京。

“我看过你的履历，十四岁读的少年班？”龙剑开始绕起弯子，麻痹对方。

“不是少年班，是正规大学一年级。”欧阳敏自豪地回答，“我小学读了四年，中学读了四年，所以十四岁就读大一。”

“在美国留学时，你曾经师从诺贝尔奖获得者弗里德曼？”

“是的，他是核科学实验室主任。”

“那么，你学了这么多年科学，又有这么权威的老师，他们有没有告诉你，科学家要遵守什么道德规范？”

“你什么意思？”欧阳敏怒视着对方。他没有被捕，他还可以对警察发脾气。

龙剑低下头，念着桌上的资料：“你们副总经理梁日新拿过在职博士文凭，他的论文是你代写的吧？”

“那就是应付一下形式主义。梁老师那么忙，哪有时间写论文。”

欧阳敏准备再次反击，龙剑却没再问这件事：“实验堆经费要过审，梁日新是委员会主任吧？”

“你知道还问我？”

“哼哼……在提交申请报告前，按照程序，你们团队要用蒙特卡罗计算法给堆芯建模，在超级计算机上进行模拟运算。那是审批中最重要的依据。但是你没给堆芯建模，用了一种在同行看来非常不严谨的替代方法，叫作体积等效处理法。有这种事吧？”

这种事警察怎么知道？即使知道，他们能从里面看出什么？难道这个人真懂核技术？不，不可能。但如果不懂的话，他又怎么知道这才是关键？

“严谨不严谨，是你们警察说了算吗？”欧阳敏以攻代守，质疑起龙剑的权威性。

“当然不是。”龙剑又拿出一份文件，朝着欧阳敏晃了晃，“所以我就此询问了十五位核专家，其中七位是中国人，八位外国人，有人在大学任教，有人在核电站工作。结果只有三个人认可这种替代方法。十二个人都认为难以保证计算的正确性。这还是客气的说法，私下里他们中有人告诉我，这种方法根本不严谨，编出来就是为了套取经费！”

“真理往往掌握在少数人手里！”欧阳敏声音更高，但是底气却不足。

“哦？我们警察说了不算，核专家说了也不算。难道真理只掌握在你或者你和梁日新两个人手里？”

冷汗从欧阳敏的额头上渗了出来。他没有反侦查经验，在被攻破一点之后，阵脚大乱。龙剑继续发动攻势，“你是核专家，不是法律专家，所以我给你普个法。因贪污受贿罪处十年以上有期徒刑，要多大数额才够这一档？

十万块！只有十万块！相当于你的月工资。很多人对这个数字根本就不敏感，作案金额动辄就超出几百倍！整个审批过程涉及多少评委，有多少内幕交易，如果我们没掌握情况，哪敢浪费你这种大专家的时间？我提醒你，如果你撑着不说，其他人先开口，你就彻底被动了。”

欧阳敏深吸几口气，努力把情绪稳定下来：“这位警官，你知道，海东实验马上就要启堆了。”

“那又怎么样？”

“我们工程界有个行规，总工程师要在这种时刻站在最危险的地方。所以，到时候我得站在核岛里面，在离燃料棒最近的地方主持实验。你能不能等我完成实验再问话？”

◆ ◆ ◆

秘密据点离实验堆二十公里，是一座旧的海产品仓库，正准备拆除后改成度假区。十几天里，从各处购买的硝酸铵化肥陆续集中到这儿，有人把它们加工成炸药。除了杨真，还有其他人在别处分批购进。最后，这里总共贮存了整整一吨土制炸药。利用监管漏洞，他们还从邻省买到了雷管。

这不是志愿者可以办到的，甚至根本不能让他们知道，因为过五关斩六将，杨真才进入这个核心圈。“‘东方’就在这里。”于国信声音颤抖，一脸崇拜，“千秋，他想看看你。”

“真的吗？那太好了。”杨真也很激动，甚至不用掩饰自己。目标就要现身，作为卧底当然会高兴。只是在于国信眼里，这是“粉丝”对偶像的正常表现。他把杨真带到仓库里，“东方”的穿着打扮和录像中一样，坐在同样一把椅子上。不，瞧瞧仓库的墙壁，这就是录像中的地方。那么，这段时间“东方”一直隐藏在这里？

“东方”身边站着两个大汉。看到杨真进来，他向他们举手示意，两人凑到他的头盔边，听着他轻声低语。“唔……真要这么做吗？”一个大汉犹豫着。

“必须这样！”“东方”的声音仍然通过变音器过滤，和光盘录像中的一样。

两个大汉转过身，走向杨真：“我们要检查你身上有没有隐藏安防设备，请你配合。”

一个大汉来到杨真面前，犹豫片刻，突然把手伸向她的胸部。杨真的右手条件反射般抓住对方的手掌，扳住手指，用力后拧，同时一脚踢中对方的膝部，用力踩下去。另一个人见状伸出胳膊，试图勒住杨真的脖子。杨真猛低头，转身，挥拳，击中了对方的小腹。

“哎哟……”两声惨叫，两个大汉跪倒在地。杨真却丝毫没有胜利者的喜悦，她知道自己已经彻底暴露。

“你……你……这是干什么？”一旁的于国信莫名其妙。不知道说的是“东方”，还是“千秋”。

“东方”站了起来，这是杨真第一次看到他站起来，个头至少有一米七五。“不愿意男人碰你？那我亲自来！”说完，东方摘下头盔，露出满头金发，居然是个三十多岁的白人女子！

“你是什么人？你真是‘东方’？”杨真很难把眼前这个女人与斯威基描述的那个人画等号。“东方”在国外已经活动了十几年，策划了很多恐怖事件，怎么会才三十多岁？

“‘东方’曾经是我老师用的绰号，他遇难后，我就是‘东方’！”

说着，白人女子已经走到杨真面前，伸出双手抓向她的两肩。怎么办？继续装傻？正在犹豫，杨真的双肩已经被对方抓住，“东方”用力下按，杨真低下身，从对方两臂间蹿到一旁。

“以色列格斗术，军警专用。你到底是什么人？”“东方”威严地望着杨真。

该怎么回答？杨真正在盘算，于国信连忙走过来，想打个圆场：“这个……千秋爱好运动，也许在什么健身馆学的。我说得对吧，千秋？”

“以色列格斗术有很多种，这叫特殊环境处置术，健身房教不了，只有安全人员才会学。”“东方”俯瞰着矮半个头的杨真，“姑娘，我可以告诉你我的身份。当年我是美国FBI探员，他们给我一个任务，让我到一个名叫‘东方’的生态组织里卧底，调查他们的领袖，也就是‘东方’本人做过什么。我当年的处境和你今天完全一样！”

这是真的还是假的？杨真被这个身份弄蒙了，完全不知道该怎么反应。她不说话，也就等于什么都说了。

“我在那里待了几个月，被他们的理想和真诚所打动，完全改变了我的人生走向。我升华了，解脱了。从此成为他们中的一员，继承了‘东方’的事业。我以为中国警方不会派人渗透这类组织，但是显然我错了。不过，我看过你在‘绿色工作坊’里训练的记录，你通过了各种考验，你完成得比我当年都好。人的思想和行为怎么能分得那么清？你一定有成为生态战士的潜力。来吧，为什么不像我这样走一条光明大道？”

怎么办？周围都是“东方”的人，于国信在“东方”面前也只是小马仔，不可能出面保她。他无意中引来一个奸细，只好尴尬地退到角落里。危急关头，杨真的脑子转得飞快。她逼视着“东方”的眼睛，开始用英语和她争论。

“你真要一个完美的生态环境吗？那样的话，人类只能退回原始社会。农业社会之前，人类不需要改造环境。那时候人和动物处境相同，七成幼仔活不过一年，人类平均寿命极低。看看周围这些人，如果生活在那个时代，我们早就超过了当时人类的平均寿命。只有这样悲惨的人类才对大自然没有威胁。你真想要那个世界？”

“当然，在整个生态系统里，人类是最无用的一环。”“东方”在这个圈子里浸泡了多年，道行之高，远在韩津之上，自然不是杨真几句话可以驳倒的。

“我爱人类，你反人类，我们天生就是敌人！”杨真不断提高音量，呼吸声逐渐加粗。于国信都呆住了，他从未看到脸涨得通红、不断发出怒吼的千秋。

“不过我很好奇，你是美国人，偷一颗氢弹炸掉纽约，砰！不就给生态环境减少了很多压力？你跑到中国干什么？”

似乎早就听过所有这些质疑，“东方”只是冷冷一笑。“你以为我不愿意那样？我只是弄不到核弹！美国想要变成绿色世界，只能承载两亿五百万人口，现在已经多了一个亿！而中国只能承载四亿人，你们整整多出十亿！”

“天啊，难道你要毁灭一亿美国人，或者十亿中国人？你要杀掉谁，是他、他，还是他？”

“你休想在这里挑拨。能站在这里的都是环境卫士，该杀的是那些沉迷于消费主义的人。看看你们的‘双十一’，那一天就消费一个小型国家全部的财富。你们中国人已经成为世界上最大的生态灾难。”

“那我建议你自杀，你们几个都自杀，五个、六个、七个，很好，你们一死，就给地球减少了十亿分之一的威胁！”

“我当然不会自杀，我们还有使命要履行。”“东方”高傲地扬起头，“正像你说的那样，人类花了一万年时间，把自己变成大自然的敌人。要把人与自然的关系恢复到一万年前，怎么也需要斗争一千年。谁来宣传真理？谁来组织战斗？当然是我们！”

不管“东方”说什么，杨真总是一声高过一声，像是泼妇在吵架：“所以，你比纳粹还残忍，你比任何种族灭绝者都残忍。他们只灭绝别的民族，至少还要保护自己的民族。而你们要灭绝全人类！于国信，还有你、你、你们都看不出来吗？她是疯子！是恐怖分子，是连环杀人犯！”

终于，杨真的腋下传来轻微电击，信号发出去了！她早就描好位置，猛地冲向一旁的工具间，把门反锁起来。

千秋要干什么？所有在场的人都觉得这个女孩子吵昏了头。工具间位于仓库最里面，待在那里等于把自己关起来。“东方”一时也没反应过来，她刚对杨真搜过身，什么都没找到。即使她回到FBI，也不知道安防设备已经先进到这种程度。

“东方”走到门边，轻轻地敲着门：“千秋，我不知道你的真名，就这样称呼你吧。你和我们相处得还不够。我也曾经从心里抵触过生态运动，我也觉得他们是疯子，是边缘人。但是我在他们中间感受到从未有过的温暖，而在我的那些冷血同事中却没有。亲，你要听自己的心，不要光考虑你的职责。你好好比较一下谁更符合人性，是我们这群原始人，还是你的权贵同事们。”

怎么办？杨真不知道处里的反应时间有多长。工具间的门和门闩都是铁制的，外面一时撬不开，但也不会撑多久。她决定再陪“东方”聊一会儿。“你怎么知道我的同事都是什么样？我为什么从他们那里得不到温暖？我们一直合作得很完美，就像个大家庭。”杨真一边说，一边把箱子、柜子移到门口，顶在那里。

“算了吧，他们肯定是被职场塑造的机器人，他们从小生活在机器世界里，长大了就像机器一样生活。他们只知道让自己符合理性、逻辑、规则。在这个世界上，越成功的人越像机器。你这么可爱的姑娘，愿意把自己变成披着人皮的AlphaGo？”

“……”

二十公里外，韩悦宾第一时间看到报警信号，当即命令部下寻找杨真的位置，然后紧急拨通海东市公安局电话，通知当地警方杨真被恐怖分子围困一事：“地点是东台区靖云里八排八号，一间出租仓库内。请附近派出所立刻过去支援。另外，路过实验堆的所有公路，在十公里外设卡，禁止一切车辆通行！”

之后韩悦宾又吩咐助手，打开附近所有监控设备，寻找可疑车辆。

“现在核电站正在做实验，要不要让他们停下来？万一……”一名助手问道。

“没有万一，恐怖分子进不了电站十公里范围！”

“那杨真怎么办？”助手也来自调查处，深为被困的同事担心。

“没关系，我们的人马上就到！”

第十章　护航英雄

六吨钚作为点燃剂，与一百二十吨乏燃料被制成燃料棒，两米高，一共几十根，它们已经被送进堆芯。一切准备就绪，人类历史上第一次行波反应堆商业发电实验即将开始。一旦成功，它们就将燃烧下去，不用添加什么，也不必处理废料，裂变放射出来的一部分中子将把乏燃料加工成新的燃料，在堆芯里继续燃烧。

这就像一块越烧越多的煤？听起来像神话，在这里却是现实。今天出生的婴儿到了当爷爷的年纪，才能看到这座反应堆退役。届时，它将总共替代五亿吨煤。如果把它们堆成一平方公里的煤山，能堆到四百多米高!

欧阳敏穿着防护服进入核岛。整个实验都由计算机控制，最大可能减少人为操作的失误。技术人员在这时的任务就是随时监测情况，有意外发生及时排除。行波堆原理早就被提出，全球有几十个团队都在设计它那独特的堆芯。但如今只有他设计的堆芯能进入实验阶段，他对它的成功有足够的把握。

“A组控制棒到位，辐射量提升正常！”

“主泵工作正常，冷却剂开始循环！”

“快中子量监测开启，包壳材料原子平均离位保持在允许值内。”

“……”

欧阳敏站在反应堆外面，耳机里不断传来技术员的汇报。但是在他听来，这些声音似乎很模糊，欧阳敏陷入回忆当中。闪着金属光泽的包壳仿佛投影屏幕，欧阳敏正在看着只有他才能看到的影像。

1938年，女科学家迈特纳发现核裂变，当时的中国人正在与侵略军血战。

1954年，第一座核电站在苏联建成，朝鲜半岛的硝烟才散尽不久。

1960年之后，发达国家开始核电大跃进，中国大地进入一个特殊时期。

1991年，依靠加拿大的技术，秦山核电站并网发电，成为全球四百多座核电站里面的小兄弟。

……

今天？今天！

几公里外，杨真还在与恐怖分子僵持着。时间一分分过去，“东方”忽然意识到有危险：“千秋，你在干什么？快开门。”

“我不愿意见到你们的脸！”

“东方”猛地用肩膀撞门，里面已经被杨真堵得死死的。“你们都来，把门撞开！”东方招呼着几个部下。两个男人走过来，轮流撞门，撞了几下都没撞动。

“‘东方’，我看算了，反正她也出不去。”于国信小声劝道。

“她是警察！你们根本没有反侦查经验。”

就在这时，一道黑影飞掠过来，于国信身边的壮汉没出声就摔倒在地。另一个刚扭过头，后背已经撞到铁门上，五脏六腑差点翻出来。

“啊——！”

那个人影已经闪到于国信面前，突然停住，发出一声暴喝，在仓库里面宛如打了声惊雷。于国信毫无格斗经验，身体还没接触，已经吓得摔倒在地。

来的只有一个人，谁都不知道他从哪里钻进来，又是如何冲到工具间门口的。就算这里每个人都有“东方”那样的身手，也不是他一个人的对手。“缠住他！”“东方”在一秒钟内判明了形势，另外几个人拥上去，不求打倒对手，只求把他抱住、压住、缠住。“东方”说罢，将炸药引信夹在腋下，从侧门钻了出去。

杨真在里面听见这些动静，不知道发生了什么。又是几秒钟的厮打声，然后，有人在外面拍铁门：“杨组长，是我。”

杨真把门打开，见是王鹏翔站在门口，周围躺倒了一片。原来，处里给自己布置的安全措施就是他！

“你……”

杨真想问的是，王鹏翔还不是警察，处里怎么能派他出任务。话还没出口，一旁闪过来潘景涛的身影。他在戒毒所完成治疗，已经被处长留下来当成外勤人员，这些杨真是知道的。

“组长，我们一直在附近保护你。”

闪烁的警车灯光划破夜空，隐约传来警笛声。是警车！先是附近派出所的两名警察，之后又来了三辆警车，十分钟后，几十名警察都赶到现场，将王鹏翔打倒的那些人铐了起来。

“杨组长，下面该怎么办？”潘景涛问。

“恐怖分子要炸实验站，我带你们去搜他们的基地。”

行波堆燃料使用效率超过传统核电站的二十倍，意味着堆芯外面的屏蔽材料也要承受二十倍以上的总辐射，所以它拥有世界上最厚的包壳。别说低效的硝酸铵炸药，就是遭遇巡航导弹攻击，里面的反应堆都不受影响。然而，恐怖分子并不需要真正炸毁核电站，只要在它的院子里引爆，就可以引发一波核恐慌。

所以，韩悦宾不能让可疑车辆闯过来。当地交警封锁所有公路。五架无人机在实验堆上空盘旋，扫描着附近的道路与荒地。

“盐场方向，有可疑车辆从盐场开过来！”韩悦宾找到了目标。附近一架无人机调转方向，飞过去开亮探照灯进行扫描。那是一辆皮卡车，后车厢塞得满满的，也没开车灯，“东方”戴着头盔坐在那里。最后关头，她只有亲自出马，引爆炸药。

无人机飞过来，围着汽车盘旋。它们只有背包大小，奈何不了这辆车。周围也不是公路，“东方”驾驶车辆，从大片盐碱地里向着实验堆冲过去，远远地已经见到了实验堆的灯光。即使从附近调来直升机，也不能在到达实验堆前阻止她!

皮卡路过一片盐池，突然，一辆黑色轿车钻出荒草丛，斜刺里从右面撞过来。这辆轿车像坦克般沉重，司机似乎完全不顾个人安危，全力挤压皮卡。“东方”来不及反应，两辆车一起栽进盐池里。

五架无人机迅速围拢过来，灯光照射之下，只见一包包硝酸铵炸药翻落在盐池里。没有爆炸？对，没有，韩悦宾长长地吐了口气。

那边，杨真带着当地干警忙了一夜，搜查每个秘密据点，清除隐患。一直到天光微亮，杨真才回到海东市公安局，杜丽霞已经等在那里：“你的任务完成了，处长让我接你回去，这里由大韩负责善后！”

杨真像是看到了娘家人，兴奋地和杜丽霞抱在一起。忽然她想起了什么，焦急地问：“你带没带护垫？”

现在是凌晨，商店都没开门，杨真也不好意思朝当地女警讨要这个东西。“我没到日子啊。”杜丽霞为难地说。

“翻翻你的包，没准有剩下的……”

杨真把杜丽霞拉到没人的地方，迫不及待地抢过她的包翻找起来，果然从夹层里发现一只护垫，杨真拿着它，火箭般冲向厕所。

好久，杨真才从里面出来，一脸的轻松。“杜姐，找个地方，我还要好好洗个头……”

杜丽霞这才注意到杨真的身上散发着异味，于是走到她身边，闻闻她的头发。这孩子平时挺爱干净，这得有多少天没洗头了？

“你到原始社会去了？”

“没有，只是和原始人在一起。”

◆ ◆ ◆

科技比体育还残酷，只认第一，没有第二。谁会购买未经实验的核电技术？他们能过这个村，别人就不会再到这个店。

整个实验堆里面，几百名科技人员屏住呼吸，注视着面前的监视器。

“富集区进入临界状态，开始输出能量。”

“第一回路水循环气压正常！”

“第二回路水循环气压正常！”

“常规岛开始输出电流！”

“我们成功啦！”

“……”

欧阳敏回到主控制室，立刻被狂喜的技术人员围在当中。他伸出双手，让大家安静下来。然后，欧阳敏跳上一座控制台，激动万分地说道：“我们没有见证瓦特发明蒸汽机，没有见证爱迪生发明电灯，但是，今天这个时刻的重要性和它们相差不多，我们见证了人类告别化石燃料时代的开始！”

带着成功的喜悦，欧阳敏回到北京，如约找到龙剑去自首。计算机建模中有七个数据由欧阳敏亲手伪造。

“你的动机是什么？”

“我就是想把生米煮成熟饭。中国十四亿人，懂行波堆技术的有多少？一百四十个？十四个？我怎么给那些行政干部把原理讲明白？正常审批的话根本通不过。”欧阳敏非常自豪，行波堆实验大获成功，他完全对得起自己的良心。

这种道德上的自信，龙剑当然看得出来：“我提醒你，科研是科研，法律是法律，实验成功与当初造假是两回事。”

“无所谓，反正理想已经变成现实。过去两百年中国做错了什么？还不是工业化搞得晚，让人家堵上门来欺负？现在终于有个机会，能够开发新能源，保障我们的工业水平至少领先其他国家一个世纪，我就是坐几年牢怕什么？”

这般豪情确实不好反驳，沉默了好一会龙剑才开口：“昨天，上面向我们传达领导对这个案子的指示，是哪级领导我不能告诉你，只能给你讲指示的精神，归结起来就是一句话——中国要核电，不要核电利益小集团。所以……”龙剑拍拍欧阳敏的肩膀，“你放心交代自己的问题吧，不是还有其他专家吗？相信他们会替你照料实验堆。”

两组人马都获得了成功，但是回到处里，韩悦宾还是和龙剑发生了争执。李汉云不得不把他们再次叫到一起：“你们其实是在做同一件事，韩悦宾保护了实验堆的硬件，龙剑保护了核电管理的软件。”

……

“东方”现身，斯威基第一时间重来中国，与同行们核实“东方”的情况。那位自称“东方”的金发女人名叫布莉特·玛德琳，原来的确是FBI探员。警察赶到盐场时，发现玛德琳在撞击中受了重伤，已经溺死在盐池里。

◆ ◆ ◆

“让疫苗远离你的孩子！”

标语下面，几十个家长义愤填膺地围坐在一起，他们交流着反疫苗运动带来的压力。一个家长拿出金凯利的照片。“这是好莱坞大明星，你们都认识吧？他家孩子就是被疫苗害成自闭症的。”

“所有疫苗里都有汞，那可是神经毒剂啊。”

“用什么生产疫苗？马血，霉菌，病毒，为了钱，医药公司就狠心给孩子们注射这些东西！”

最后，大家围在韩津身边，把他当成了救世主。是的，韩津再一次以私人身份给予支持。

“韩老师，我们人微言轻，您可要让社会上知道疫苗的危害。”

“韩老师，您一向讲实话，大家都相信您。”

“……”

望着这些人，韩津眼圈通红：“你们放心，我一定尽力。当然，还请你们先不要说我来过这里，等我收集好证据再来揭发。”

“对对对，您是大电视台的著名主持人，我们理解。”

韩津离开会场，他的助手请全体成员留在原地，不要拥出去围着要签名，以免被别人发现。就这样，戴着墨镜的韩津来到地下车库。没人跟在后面，但却有一个人迎面闯过来。

“韩津，你越过了我的底线！”杨真怒不可遏地吼道，“你这是在杀人，知道吗？”

“杀人的是他们！是那些黑心的医药公司，是科学、工业和官员组成的利益联合体。”这次韩津不准备给杨真留面子，“从小就打这些东西，成年以后大面积爆发癌症，你就是希望看到这些是吧？当年的你哪儿去了？”

“无论当年还是今天，我都没蠢到这个地步。”杨真知道，这次以后他们不仅不是情人，也不能再做朋友，哪怕只是点头之交的朋友，“你想当烈士？好吧，我成全你！”

回到宿舍，杨真又拿出录音带，反复听着韩津在聚会上的讲话。然后她找到李汉云：“老师，我提交的报告不全面，电视台主持人韩津参加了这个组织的外围活动，起了很不好的作用。”

杨真与韩津恋爱时，已经是李汉云的研究生，他知道他们的往事："你当初怎么没把它写进去？"

"我怕……我怕个人因素干扰了判断。但是现在我觉得……他不应该待在媒体人的位置上！"

几天后，杨真刚来到第一研究所，就看到李瑾站在自己的车门前。这里是不公开的保密单位，没有预约，保安没有让她进去。杨真迎了过去："唔……是找我吗？有什么事手机上谈不行吗？"

"不行！你这个卑鄙小人，这件事必须当面说清楚。"

不时有警员路过，对着李瑾指指点点。这里认识她的人比认识杨真的还多。"要不，去我办公室谈吧？"

李瑾想了想，还是跟着杨真走进调查处。同样是惊讶的目光，除了李汉云和史青峰，没人知道杨真与韩津和李瑾有什么交集。

进了屋，杨真想给李瑾倒杯水，后者拿出手机，调出一条新闻，愤怒地扭过杨真的身子让她看："他已经被迫离开电视台。你如愿以偿了。"

杨真确实不知道这件事，她扫了一下屏幕，标题是

“著名主持人韩津已从电视台辞职”。“被开除了吗？”杨真知道那个台的处置方式，这算是给韩津留了个面子。

“对外理由是因病辞职。难道这两天你没开机？网上都传遍了。”

“处里正经事很多，这两天没时间。”

报告中加入韩津的名字，杨真就知道他会受处理，但没想到这么严重。韩津说过的那些话非同小可，是美国恐怖分子卡钦斯基的言论。本来因为经常私下参加民间聚会，台里就对韩津提出过口头警告。现在身为电视台主持人，在公开场所传播恐怖分子言论，台里也就没法留他了。

西奥多·卡钦斯基是一名邮包杀手。他曾获得伯克利大学数学博士学位，青年时期就开始建立起牢固的反科学思想。不过他和那些坐在装有空调的房间里、出入乘车、用电脑写作的反科学思想家不同，卡钦斯基理论与实践相结合，很长时间独居于蒙大拿州荒凉地带，拒绝使用一切先进的现代产品，以做原始的自然人为乐趣。

不知经历过怎样的“悟道”过程，卡钦斯基后来不想再独善其身。他认定，既然高科技和现代工业将人类带入毁灭的边缘，那么为了挽救人类，便必须向科研机构下手。于是他制造邮包炸弹，寄往美国一些高校和科研机构，声称自己在向大学、航空业、电脑业及伐木业宣战。

整整十七年中，卡钦斯基的炸弹邮包导致了三人死亡，二十二人受伤，在科学界引发巨大动荡。卡钦斯基时炸时停，有时甚至收手两三年，搞得警方无从调查。不过身为反科学狂人，卡钦斯基终于按捺不住，写下长篇论文《工业社会及其未来》，寄往《华盛顿邮报》和《纽约时报》，勒令他们全文刊登，否则继续邮寄炸弹。

结果，他的弟弟戴维从他那里发现论文底稿，认定他就是长期被警方追捕的连环杀人犯，于是大义灭亲，终令此案告破。

“虽然他不是真的因病离职，但他现在承受的压力太大了，他会被压垮的。”

“那挺好啊，你正好和他一起扛。”杨真冲好一杯咖啡，想递过去。她们曾经是好姐妹，这点礼貌应该有，只是嘴上一点儿也不饶人。

“杨真，他那天在‘绿色工作坊’看到你后，为什么还要去演讲，你知道吗？”

这一点杨真确实没想过，有疑问，于是她洗耳恭听。

“他那天发现你在场，回来后就和我商量怎么办。以你的身份出现在那种场合，肯定是去卧底，他本应该避嫌。但是他还是想再去做一次演讲。他只是想借那个机会，说说他对你的真情实感。这么多年了，他还在咀嚼这份感情，想品味出里面为什么那么苦。他只是想让你听听他的心。可是你这个小人，竟然用他的血染你的红顶子？给他打小报告，你能够升多大的官？”

杨真一直端着咖啡杯，丝毫没感觉到它的温度，她的心被重重地敲击着。

“杨真——”李瑾变得语重心长，“你知道当年他和牟芳分手后，为什么选择你，没选择我吗？”

“不知道。”

“因为你是在科学大院长大，你周围的人都迷信科学，他想看看自己有没有魅力把一个人从科学主义的泥潭里拉出来。结果他失败得如此彻底，我都觉得他耽误的那几年不值。”

杨真放下咖啡杯，又把它拿起来，仿佛不知道自己的手该放到哪里。

“你也曾经是有正义感的女孩。你还记得吗，当年你穿着泳衣跳进工厂旁边的河里，用身上的红疹向大家证明他们在排污。当时我还在想，也许韩津的选择是对的，你比我更勇敢。可是，当年那个女孩到哪里去了？”

“那个女孩一直都在！当年我跳下去，因为我知道河里有过氧化2丁酮，我会写它的分子式，我知道它怎么生产，用于什么，有什么危害。我没用虚构的危险去骗自己，更没用它误导公众。”

杨真直视李瑾：“中国因为强制打疫苗，每年少死亡几十万人，少残疾上千万人。韩津敢反对这个，就是突破了我的底线。”杨真终于把杯子递了过去，“这里不让喝酒，今天这杯咖啡喝过后，咱们就不再是朋友了！”

李瑾接过杯子，里面的咖啡已经变冷。她看看杨真，仰头一饮而尽：“我明白了，你这样做不是为了升官发财，不是要给权势集团做爪牙，你就是迷信科学，你比势利小人更可怕！”

“更换主谓宾，这话我可以送还给你，尤其最后一句。”

李瑾想起两个人从前共处的那段时光。当时在贫困山区做调查，李瑾生了病，杨真一直在照顾她。一个心地善良的女孩，为什么如此执迷不悟。“妹妹，历史的耻辱柱上钉着好多人，他们生前都以为自己是正义的，我不希望你也落得这个下场。”

“这句不用换主谓宾，直接可以还给你。”

“那你好好看看这些。”李瑾拿出一沓打印纸，“知道他被迫离职，各电视台主持人、著名作家、网络大V都是怎么看的吗？世界上又少了一位敢说心里话的男人，大家都很心疼。你知道吗？我们不是两个人在战斗。”

杨真看都没看，直接把那叠纸推到一边：“狗屁文人的话，摆一千条我都不放在眼里。没错，他是爱讲大实话。可什么时候你们才会明白，你们只是真敢说话，根本不是敢说真话！”

“绿色工作坊”已经关闭，杨真却发现自己改变了一些生活习惯。回到家里，她先是检查了自己的冰箱。咦，这罐酸奶什么时候买的？还有这块啃了一半的水果？杨真因此冒出了些许罪恶感。然后，她又跑到肖老师家，当着妈妈的面检查他们的冰箱。结果里面整整齐齐，并没有多少貌似被遗弃的食物。

“妈，这半罐酱还在吃吗？”

"每天早上就馒头吃。"

"这块腊肉……"

"朋友送的，留着过节再吃。"

杨真关上冰箱的门，这些举动把卢红雅逗乐了："怎么，想吃我煮的饭了？"

杨真把检查冰箱的目的告诉了他们。肖毅听着听着，笑了起来："这是个好习惯。不过，我和你妈妈都有贫困记忆，不会乱买东西。也许，你哥哥嫂子的冰箱里能搜出不少遗物。"

杨真果然跑到肖亚霆家，只有嫂子牟芳在。她经常来，也不客气，进屋就翻他们的冰箱。这下子逮着好多食物：被遗忘多日的剩菜，吃了一半的罐头，将要过期的牛奶。杨真翻一样问一样，问到牟芳的脸涨得通红。然后杨真把它们统统拿到厨房，打开煤气灶烹煮起来。牟芳站在她背后，看得直发愣。

"妹子，你这是去哪里开悟了？这个……还是倒了吧，不知道能不能吃……"

"我闻过，能吃。"杨真一边翻着锅铲一边说，"每年从中国人冰箱里扔掉的食物，可以让两千万难民吃饱。"

“好好，这些坏习惯嫂子以后改，这顿我陪着你！”

剩饭剩菜摆上桌，牟芳不光陪着，还开了一瓶红酒。“这个我可不会浪费，咱们今天晚上把它干掉。”

“咦？你有什么喜事？”

“哈哈，那个二货终于滚出电视台了！”牟芳给杨真翻着手机，调出韩津因病离开电视台的新闻。下面的评论两极分化，有人大声叫好，有人声称韩津遭受到利益集团的迫害。杨真不能讲出自己在这件事上的作用，只好附和着。事情并没有牟芳想得那么乐观，韩津这样一离职，在他的“粉丝”眼里反而成了英雄。

“那家伙长得帅，会哄人，能迷住少不更事的女孩子，但真正成熟后我才发现，整天承受他那种慷慨激昂的无知废话，有多难受。”牟芳感慨。

“是啊，我理解你受过的罪。”杨真尴尬地笑了笑。

“对了，你现在还单着吗？”

“嗯……”

“我们医院外科有个主治医生，很年轻，长得……”

杨真伸出手，直接把牟芳的嘴给捂住：“嫂子，你有这些人选，去关心关心雯雯姐吧。”

“她可不用我关心。她摘下披肩这么一抖，就能变出个男人来。”牟芳认真地望着杨真，“你别是得了恐婚症吧，是不是太怕走出那一步？”

杨真长吸了一口气。她并不这么认为，她觉得自己也许和别的女孩有太多的不同？

“好吧，嫂子不多劝，只一句，别给自己做硬性规定，什么不婚不嫁之类的话别说。顺其自然。配你的男人一旦出现，别因为恐惧放弃机会。”

……

第二天，杨真来到机场海关，负责向斯威基移交玛德琳的尸体。一名叛逃探员，这是FBI的污点，中方也不想声张，这条生命就无声无息地终结在海滩的盐池里。

韩悦宾也来到海关，与警方一起遣返涉案的几名外国人。他们违反中国的法律，但还没有到犯罪的程度，被判驱逐出境，十年内不得入境。韩悦宾要把他们一个个送上各自的国际航班。

等航班等得无聊，韩悦宾带着胜利者的喜悦，和他们调侃起来：“你们回国后继续努力吧，关掉拜尔的药厂、日产的车厂，或者美国的核电站。我作为中国人感谢你们，只要别来我们这里搞事情！”

“盖亚母亲会惩罚你的！”欧内斯特狠狠地诅咒道。

除了他们，调查处还要把于国信交给台湾方面的代表。航班还没到，在机场警务室里，只有于国信和杨真两个人。“你今年到底多大？”于国信问道。

“问女人年龄不礼貌，不过我可以告诉你，刚过二十九岁生日。”

“还不到三十岁，就这样冷血？你究竟是为什么？我不相信一个俗人能装得那么有理想。”

对于追过自己的男人，女人照例不会讨厌到哪里去。杨真叹了口气，确实想和他讲几句心里话，只是一直没机会。

“我不是文学系毕业生，我生在科学世家，一直受科学熏陶。我知道你们干的那些事，百分之八十都是蠢事。所以……”

“什么？”

虽然是冲着于国信说话，杨真的眼前却浮现出韩津和李瑾的影子，还有当年他们在一起的情形。

“把人生最美好的时光，拿去恨一些想象出来的魔鬼，我觉得你不值！”

本集说明

1. 核能的能量密度是煤炭的116万倍、石油的84万倍。在核聚变发电实验成功之前，核裂变发电是最节省土地、运输的清洁能源。

2. 在各种发电技术中，核电导致的伤亡远远小于火电与水电，仅高于太阳能发电。即使历史上最严重的切尔诺贝利核事故，辐射于十天后也被控制住，从那以后当地辐射逐步下降。世人对于该事故的心理恐慌远大于实际伤害。

3. 德国政府在压力下关闭了本国的核电站，转而通过从法国购买电力来补充本国电力缺口，而法国70%的电力来源于核电。法国是核能宣传成功的典范。

4. 行波堆没有移动部件，启动后不需要人类参与，完全可避免由于误操作导致的事故。以往各次核事故都是由工作人员误操作导致的。

5. 行波堆除了启动时需要少量浓缩铀，其余所有燃料都可以来自天然铀、贫铀或者乏燃料。理论上今天的核废料都是它的燃料。

6. 生态组织的理想并非扩展人类利益，而是将虚幻的“生态利益”置于人类利益之上，有着强烈的宗教色彩，不能视为环保组织。